学古诗 游中国

陈凯◎著

蔡佳蕊◎绘

四川人民出版社

图书在版编目（CIP）数据

学古诗游中国/陈凯著.—成都：四川人民出版
社，2023.7（2023.11重印）
ISBN 978-7-220-13071-7

Ⅰ.①学… Ⅱ.①陈… Ⅲ.①古典诗歌—诗集—中国
②文化名城—介绍—中国 Ⅳ.①I222②K928.5

中国国家版本馆CIP数据核字（2023）第094456号

XUE GUSHI YOU ZHONGGUO

学古诗游中国

陈凯 著

出 版 人	黄立新
特约策划	岳海霞
出版统筹	李淑云
责任编辑	朱雯馨
内文插画	蔡佳蕊
装帧设计	李其飞
责任校对	林 泉 吴 玥
责任印制	周 奇

出版发行	四川人民出版社（成都市三色路238号）
网 址	http://www.scpph.com
E-mail	scrmcbs@sina.com
新浪微博	@四川人民出版社
微信公众号	四川人民出版社
发行部业务电话	（028）86361653　86361656
防盗版举报电话	（028）86361653
照 排	四川胜翔数码印务设计有限公司
印 刷	四川华龙印务有限公司
成品尺寸	145mm×210mm
印 张	8
字 数	135千
版 次	2023年7月第1版
印 次	2023年11月第3次印刷
书 号	ISBN 978-7-220-13071-7
定 价	49.80元

目录

第 一 章

走进南京

导语

国学有趣，开卷有益！欢迎大家来到陈老师的快乐国学课堂。从今天开始，我们要一同开启神秘的古代历史文化名城之旅啦！在这里，我们会读到最绚丽的诗句、最有趣的故事、最真实的历史，还有最有魅力的诗人做我们的文化导游呢。

第一站，我们要去哪里呢？我先来考一考我的小助手——乐小诗同学。

陈老师

大家好！我是爱文化、爱历史、爱写诗的乐小诗！

乐小诗

小诗同学，你知道哪座城市里埋有黄金吗？

陈老师

这……不知道。

乐小诗

陈老师

那你知道哪座城市的人民都是"健康宝宝"吗?

那……不知道。

乐小诗

陈老师

我再问你,你知道历史上的"六朝古都"是哪座城市吗?

呃……我还是不知道呀!

乐小诗

陈老师

咳,我看你不该叫乐小诗,你该叫何不知。注意听讲,我们先来揭秘这座历史悠久的文化名城——南京城名字背后的有趣知识。

1. 别称"金陵"的由来

公元前333年,楚威王灭越后,在南京清凉山筑城,称为"金陵邑"。难道南京城的山中有黄金?相传楚威王发现此地王气冲天,非常害怕,于是在山中埋入黄金,用来镇压王气。"金陵"这个名字也就随之而来。

2. 一次无奈的改名——"建业"改名"建康"

三国时,吴大帝孙权建都南京,给这个城市取了个霸气的名字"建业",意思是"建立帝王之大业",

003

学古诗 游 中国

寓意非常棒。可惜的是，三国归晋后，"建业"先被改为"建邺"，后来为了避晋愍帝司马邺讳，又被迫改名为"建康"。古人避讳是不讲道理的，不仅字不能一样，连音都不能相同或相近。所以，南京城那些渴望建功立业的人们，都被迫成为"健康宝宝"啦。

3.最让南京人自豪的称号——"六朝古都"

这六个朝代分别是：三国吴、东晋、南朝宋、南朝齐、南朝梁、南朝陈。你知道吗？这六朝的历史几乎没有中断过，在这连绵不断的三百多年中，建设发展着同一座城市，可以想见，这座城市的繁荣富丽达到了怎样一个空前的境地。所以，史书上是这样赞叹的——"穷极壮丽，冠绝古今"。

好了，接下来我们就要开始正式游览古代南京城啦！

时光机，请努力，带我们回到过去……

南京游第一站：乌衣巷

有请带我们游览南京的第一位文化导游——诗豪刘禹锡。

乐小诗

004

小朋友们，游览南京城，你一定不能错过一条不平凡的小巷——乌衣巷。漫步在乌衣巷中，你仿佛走进了东晋王朝那一段传奇的历史。在这里，有一位伟大的人物，挽狂澜于既倒，扶大厦之将倾，书写了一段令人血脉贲张的动人故事。

他是谁呢？先读读我的作品《乌衣巷》吧。

乌衣巷

［唐］刘禹锡

朱雀桥边野草花，乌衣巷口夕阳斜。

旧时王谢堂前燕，飞入寻常百姓家。

诗歌简译

朱雀桥边遍布野草野花，乌衣巷口只见夕阳西下。当年在王、谢两大家族门檐下筑巢的燕子，如今飞入了寻常百姓的家中。

这首诗表达了诗人对历史沧桑、人世多变的感慨。"王谢"成为指称历代显赫家族的代名词。

【诗人讲故事】——刘禹锡

朱雀桥、乌衣巷，至今依然屹立在南京城的土地上，在这里，记录着东晋王朝那惊心动魄的关键战役——淝水之战。

小朋友们，"旧时王谢堂前燕"中的"王"指的是以王导为主的琅邪王氏，"谢"指的是以谢安为主的陈郡谢氏。

谢安是一个不按常理出牌的人。年轻时的他才华横溢、声名显赫，当时人们都翘首以盼，希望他能够出来报效国家，可是，在最好的年龄，他却选择辞官，长期隐居在东山——典故叫作"东山高卧"。

等到谢安四十多岁时，谢家遭遇了一系列变故：谢安的哥哥谢奕去世，弟弟谢万在战争中失利，被废为庶人。眼看家族的荣誉可能就此终结，这位东山高卧的先生，毅然决定出山。这就是第二个著名典故——"东山再起"。

东山再起的谢安展现出非凡的政治才能，官至宰相，后来全面领导了东晋与前秦的决战——淝水之战。这是中国军事史上最著名的以少胜多战役之一。战役虽然发生在淝水之滨，但决胜的核心要素依然在身处南京城乌衣巷的谢安身上。关于谢安取胜的原因，我给你们分析分析。

其一，养兵千日，用兵一时。受朝廷的指令，谢安的侄子谢玄招募徐州、兖州骁勇之士组建了一支精锐部队。这支军队虽然只有数万人，但纪律严明，战斗力惊人。从此，东晋拥有了一支铁血之师——北府军。

其二，谢安知己知彼，成功地利用敌人内部的混乱和骄傲轻敌的思想，觅得了战机。

当时，谢玄领命即将开赴前线，虽然英勇无畏，但还是忌惮于前秦九十万大军的人数优势，心中有点儿忐忑不安，于是亲自上门向谢安询问破敌之法。哪知谢安听后，淡定一笑，从容地说："我都已经安排好了，你只管努力打就好。"谢玄这才回营准备出征。可是回去后，谢玄还是有点儿不放心，就派副将再次拜访谢安，寻求更确切的指示。

谁曾想等副将再去时，谢安已经不在府中了，一打听，原来到山中度假去了。副将追到山中，面见谢安再次询问时，谢安依然说："转告谢玄将军，我都已经安排好了，只管努力打就好。"谢玄一看谢安如此镇定，如此自信，也就信心大增，率军出征。

其实，谢安并没有安排好什么奇妙的对策，他这么做最大的目的就是坚定自己军队的信心。前秦的军队虽然强大，但一连串的胜利已经让他们处于骄兵必败的危险之中。而北府军，意志坚定，勇猛无惧。轻敌的骄兵遇上勇猛的北府兵，这淝水之战第一场遭遇战的结果是可想而知的。

果然，北府军的第一战取得了圆满的战果——在将军刘牢之的率领下，北府军全歼了前秦军的先锋部队。这一战，打出了北府军的自信心，也打出了前秦军的畏惧心。以至于当前秦君主苻坚与前锋军统帅苻融登上寿阳楼望见北府军"部阵齐整，将士精锐"时，大惊失色，误把北面八公山上的草木都认成了晋军，留下了"草木皆兵"的典故。

最终决战时，谢玄利用朱序等人制造的敌方混乱，渡过淝水，大败前秦军，并斩杀了对方的大将苻融。

故事的结尾，还有一个很有意思的细节。当前方的战报传到南京城时，谢安正在和客人下棋。他接过战报看了看，又淡定地继续下棋。客人知道是前方的战报，忍不住询问战况。谢安这才从容地说："孩子们不负众望，总算打胜了。"客人一听，哪里还按捺得住，一边高喊，一边奔跑传喜讯去了。

等众人都离开后，谢安这才再次拿起战报，细细地品读，身体微微颤抖起来，那一刻，他终于可以放下所有的重压和疲惫。他狂奔向里屋，哪知道一不留神，鞋子踢到门槛上，身体踉踉跄跄，差点儿摔倒。他到底有多激动呢？竟然把鞋底的屐齿都碰断了！

所以，如果你有机会站在乌衣巷里，踏入谢安的旧府，一不留神，差点儿被门槛绊倒时，可千万别尴尬，要骄傲地站直了说："瞧，这就是著名的谢公屐！"

南京游第二站：秦淮河

该我登场了！大家好，我是你们南京游第二站的文化导游——杜牧。

小朋友们，古代南京最美的，不是山，而是水。这条著名的河流叫秦淮河。泛舟秦淮河上，你既可以欣赏金陵城的秀丽风光，还可以静静地品味粼粼波光中记录的历史的悠远和悲伤。

我们要一起去见证六朝古都历史的终结。曾经辉煌灿烂的六朝文化毁在了谁的手里呢？这位亡国君主叫陈叔宝，也被称为陈后主。想知道他的故事，先到我的诗歌《泊秦淮》中去找找线索吧。

泊秦淮

［唐］杜牧

烟笼寒水月笼沙，夜泊秦淮近酒家。

商女不知亡国恨，隔江犹唱后庭花。

诗歌简译

朦胧的月色和轻烟笼罩着寒水和白沙，夜幕中，我将船停泊在了南京城最繁华的秦淮河边。隔岸的酒楼里，传来卖唱的歌女优美的歌声，那一曲一调，正是亡国之音《玉树后庭花》。

这首诗借陈后主因追求荒淫享乐终致亡国的历史，讽刺那些不从中汲取教训而醉生梦死的晚唐统治者，表现了诗人对国家命运的无比关怀和深切忧虑。

【诗人讲故事】——杜牧

小朋友们知道吗？这位亡国之君陈叔宝是一位毁誉参半的皇帝，从不同的角度，他得到的评价天差地别。

从音乐的角度来说，陈叔宝是一位天才音乐家，他天赋极高，才华横溢，创作了大量优秀的作品，对后世有很大的影响。比如，咱们都知道的传奇音乐作品《春江花月夜》，曲调的首创者就是他。

可是，从皇帝的角度来说，陈后主却是一位不折不扣的昏庸皇帝。他沉迷酒色，荒淫无道，完全不理朝政，在他的治理下，陈朝以肉眼可见的速度，迅速走向衰亡。

而最让人瞠目结舌的是，当陈朝面临亡国危机时，这位陈后主的智商和做法简直令人"拍案叫绝"。

公元589年，强大的隋王朝对陈朝发起致命的最后一战。五十万大军，兵分八路，排山倒海而来。接到这个消息时，陈朝举国震惊，大殿上人人恐慌。可唯独这位平时不理朝政的陈后主，当起了天真的"乐观派"。他从容不迫地说："咱们江南可是个福地，有长江天险作为屏障，想当初北齐的大军来过，北周的也来过，我们陈朝还不是一样安然无恙。所以，不用紧张，来，继续奏乐，继续饮酒……"

有这么作死的君主存在，如果陈朝不灭亡，那才是天大的怪事。更可笑的是，陈叔宝真的把这种傻傻的乐观保持到了统治的最后时刻。当大隋猛将韩擒虎率军攻破南京城朱雀门时，陈叔宝还搂着心爱的妃子张丽华，在城楼中寻欢作乐呢。

面对此情此景，我简直忍无可忍，还专门又写了一句诗"门外韩擒虎，楼头张丽华"，来进行辛辣讽刺。

那为什么这首《玉树后庭花》被称为亡国之音呢？其实，单就曲子而言，《玉树后庭花》是一首舒缓而优美的歌曲，听后令人酥软而愉悦。可是，在那个国家衰亡的时代，皇帝总是写这样的歌，人们总是听这样的歌，举国上下，颓废绵软，哪还有什么昂扬的斗志、战斗的决心，国家又怎能不灭亡呢？

最后，悄悄告诉你，为什么我要写这首诗呢？其实，我在借古讽今，因为我所生活的晚唐时期，统治者正在重蹈覆辙，渐渐地走向亡国呀……

南京游第三站：凤凰台

　　猜猜我是谁？名气我最大，诗坛我称霸，诗仙、酒仙、谪仙人，统统都是在下。我就是大家南京游第三站的文化导游——李白。

　　说起凤凰台，我眼泪都快要落下来。不过，这不是悲伤的眼泪，是激动的泪水。因为在这里，我终于完成了平生最难忘的一次挑战。想知道这件事的来龙去脉，就先读读我写的这首诗吧。

登金陵凤凰台

［唐］李白

凤凰台上凤凰游，凤去台空江自流。

吴宫花草埋幽径，晋代衣冠成古丘。

三山半落青天外，二水中分白鹭洲。

总为浮云能蔽日，长安不见使人愁。

诗歌简译

凤凰台上曾经有凤凰来这里遨游，而今凤凰已经飞走了，只留下这座空台伴着江水东流。当年华丽的吴国宫殿，如今都已埋没在荒凉的草丛小径中，晋代的风流人物们，如今也长眠于古坟黄土里。我站在台上，看着远处的三山，依然耸立在青天之外，白鹭洲把秦淮河分成两条水道。天上的浮云随风飘荡，有时把太阳遮住。我看不见长安城，不禁郁闷忧愁。

这首诗以登临凤凰台时的所见所感而起兴唱叹，将历史的典故、眼前的景物和诗人自己的感受交织在一起，抒发了忧国伤时的情怀。

【诗人讲故事】——李白

大家可能不知道，作为诗仙的我曾经在写诗上栽过一个大跟头。有一次，我在武汉旅游，在友人的陪伴下登上了著名的黄鹤楼。望着眼前的美景，我诗兴大发，正想题诗，突然看到墙壁上有个叫崔颢的人已经写了一首《黄鹤楼》。那诗写得太好了，我自愧不如，只好罢笔。但这也激起了我的斗志：在写诗这件事儿上，我还从来没认过输。后来，天南海北，四方游历，我心中始终记挂着对《黄鹤楼》的这份挑战。

可是渐渐我发现，这份挑战最难的不仅是《黄鹤楼》这首诗本身的高超技艺，还有一个难点，就是黄鹤楼这个名字。黄鹤，是神仙的坐骑，身份高贵，姿态优雅，我需要找到一个名字能与之抗衡的名胜古迹。所以，我一直在苦苦寻觅着，直到金陵凤凰台映入我的眼帘。

凤凰，百鸟之王呀！是神鸟中最尊贵的存在。不仅能抗衡，甚至能超越黄鹤。那，这里有优美的传说吗？我一打听，还真有！《江南通志》中记载了凤凰台的来历：公元439年，有三只凤凰在山间飞舞，鸣声悦耳，五彩斑斓。更神奇的是，随后，飞来了更多的鸟儿，跟随凤凰比翼而飞，从数十而百，数百而千，直到整个南京城仿佛都笼罩在鸟儿的翔翼之下。这祥瑞的奇观被称作"百鸟朝凤"，古人认为它象征着太平盛世的来临，是值得庆贺和纪念的大事。所以，这里被命名为"凤凰台"。

得知这个传说时，我欣喜若狂，知道自己终于找到了那个梦寐以求的地方。对了，你们觉得我的《登金陵凤凰台》写得怎么样呀？

李白老师，我不是很懂"晋代衣冠成古丘"这句话。

乐小诗

　　"晋代衣冠"指的是晋朝的那些风流人物，我举一个代表人物为例，东晋著名文学家郭璞。古时候有一个很有名的成语叫作"江郎才尽"，讲的是南朝文学家江淹年轻时文采很好，可到了晚年就写不出好文章了。人们问他原因，江淹给了个说法：一天晚上睡觉时，江淹梦中出现了一个神仙模样的人，对他说："我有一支笔，放在你这里很久了，今天我来收回它。"江淹伸手往怀中一摸，真的有一支五彩斑斓的神笔，便把神笔还给了那个人。江淹从睡梦中醒来后，就再也写不出漂亮的文章了。你知道江淹所说的这位神仙一样的人是谁吗？他就是郭璞。郭璞的名气大到什么程度呢？他死之后，晋明帝在南京玄武湖畔为他修建了坟墓，名为"郭公墩"，保留至今。因为下葬时，并没有郭璞的尸身，所以就用郭璞生前用过的衣服和帽子作为替代，古人称之为"衣冠冢"。

谢谢李白老师。我来替大家总结一下凤凰台游览的要点：神秘传说很精彩，百鸟朝凤帮李白。花草掩映吴王殿，一代诗人湖畔埋。

乐小诗

【游览小结】

陈老师

乐小诗同学，古代南京城的游历告一段落了，你有什么感受呀？

哇，好多收获呢。不过别着急，我也来考考你！大家一起来挑战吧。

乐小诗

1."旧时王谢堂前燕"中"王谢"的代表指的是谁？（　　）

　A.王导、谢安　B.王导、谢玄　C.王羲之、谢安

2.南京城最著名的河流是哪条呢？（　　）

　A.秦淮河　B.易水　C.渭水

3.李白写《登金陵凤凰台》是为了挑战哪位诗人？（　　）

　A.杜甫　B.崔颢　C.郭璞

【陈老师精选诗人小故事】

李白的成名诗

在四川省江油市青莲镇李白文化纪念馆中记载了这样一个传奇的故事：

李白小时候才思敏捷，有神童的美誉。有一次，李白的父亲李客带他去参加宴会。参加宴会的都是当地的达官贵人，他们听说过小李白的名声，便要求他即兴写一首诗。哪知道李白丝毫不惧，立刻答应了。宴会是在一座高楼上举行的，李白略一思索，便朗声说道：

> 危楼高百尺，手可摘星辰。
> 不敢高声语，恐惊天上人。

这诗写得又快又好，浪漫夸张，想象奇特，在场的人无不连连称赞。

从此，李白的名气更大了，后来成为唐朝最著名的诗人，被人们称作诗仙。

第二章

走进长安

乐小诗，你觉得朝歌这个城市名字怎么样？

陈老师

挺好听的呀，很有诗意。

乐小诗

是呀，朝歌是商朝的首都，也是《封神演义》故事的发源地。可惜的是，后来改名了。

陈老师

改成了什么名字？

乐小诗

淇县。曾经无比辉煌的朝歌古城，因改名而逐渐没落，甚至被世人所遗忘。

陈老师

那真是太可惜了。

乐小诗

陈老师

还有陈仓这座城市，古时候很有名，兵法上说"明修栈道，暗度陈仓"，后来改名为宝鸡。

这……明修栈道，暗度宝鸡，确实听起来有点儿滑稽。

乐小诗

那你知道我心中最惋惜的改名是哪座城市吗？

陈老师

您直接告诉我吧……

乐小诗

这座城市，被誉为中国历史最悠久的城市，它就是十三朝古都——长安。"长安一片月"，多美的意境呀。可惜，如今我们叫它西安。

陈老师

看来，确实有好多美丽的城市名称，我们只能在历史中去回味，去寻觅了。那就让我们乘着诗歌的翅膀，去领略古代长安城的美好悠远吧。

时光机，请努力，带我们回到过去……

乐小诗

长安游第一站：华清宫

小朋友们好，又是我"小杜"，古代酷爱旅行的诗人代表杜牧。今天的第一站华清宫，由我来带大家参观。

说起华清宫，就不得不提到唐玄宗。我们知道，古代凡是能被称为宫的建筑，往往都是因为皇帝曾经在里面居住。在华清宫住得最久的皇帝，就是唐玄宗。

玄宗皇帝特别宠爱杨贵妃，也特别喜爱泡温泉。长安城外骊山上的华清宫里，有最好的温泉汤池，所以唐玄宗几乎每年十月底，都会带着杨贵妃到华清宫里享受舒适的温泉沐浴，一直待到第二年的初春才回去。

那么，在这宏伟富丽的华清宫里，又发生过怎样的故事呢？读读我的诗，我来给大家揭秘。

过华清宫绝句（其一）

［唐］杜牧

长安回望绣成堆，山顶千门次第开。

一骑红尘妃子笑，无人知是荔枝来。

诗歌简译

　　在长安回头远望，骊山宛如一堆堆锦绣，山顶上华清宫的千重大门依次打开。一骑快马伴着烟尘滚滚飞驰而来，华清宫里的妃子欢心一笑，却没有人知道是南方送了荔枝鲜果来。

　　这首诗描写唐玄宗不惜劳民伤财为杨贵妃供应荔枝，深刻地讽喻了现实，表达了诗人对最高统治者穷奢极欲、荒淫误国的无比愤慨之情。

◇◇

【诗人讲故事】——杜牧

　　大家都知道，我写诗的特点是爱讽刺，所以这首诗依然在讽刺，讽刺荒唐的唐玄宗。

　　我们先来看看这件事儿有多荒唐。唐玄宗宠爱杨贵妃，而杨贵妃喜爱吃荔枝。贵妃吃荔枝还有一个特别挑剔的地方，她只吃新鲜的荔枝，如果不够新鲜，那就决计不会吃。每年十月底，唐玄宗带着杨贵妃住进骊山上的华清宫，泡在温泉中，杨贵妃撒着娇说："口好干啊，我要吃荔枝。"唐玄宗立马宠溺地满口答应："好，好，马上让人给你送。"

　　皇上只是发了一句话，下面的人却受到了惊吓。这件事儿太难了！要知道，荔枝这种水果，主要的产地都在岭南，而华清宫却在遥远的北方。更要命的是，杨贵妃只吃新鲜的荔枝，所以，大家要挑战的是：纵跨数千里，把新鲜的荔枝送到贵妃的嘴边。这简直是地狱级别的难度。

但皇命难违，从那一天起，中国大地上出现了一番奇异的景象：南方的荔枝园中，人们快速摘下一篮带着露水的荔枝。一匹快马，立即出发，一路奔驰，在途中换人换马，接力而行。滚滚烟尘，一路向北，也不知换了多少次人和马，终于来到了骊山脚下。最后一匹快马，一点儿都不敢耽搁，穿过守护骊山的重重关卡，飞驰上山。而山顶上，泡好了温泉，舒服地倚在栏杆上的贵妃露出了微笑，她知道，可口的荔枝已然送到。

小朋友们，你们评一评理，这唐玄宗该不该被批评？为了给杨贵妃供应荔枝，每天要有多少人、多少匹马跑断腿，累断气。如此劳民伤财，如果是为了国家，那还值得，可仅仅是为了满足妃子的不合理要求，实在是

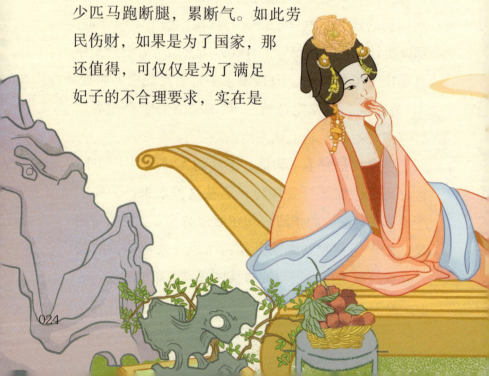

荒唐无理。更可怕的是，我只写了吃荔枝这一件事，不知道背后还有多少这样不合理的要求在每天上演。一个皇帝如果这样爱美人不爱江山，那离大祸临头也就不远了。果不其然，这之后不久就发生了安史之乱。

这就是站在华清宫前，我最想讲述的一段历史往事。

宋朝的苏轼读了我的诗，还写了一篇专题作文，考证了一个问题：送给杨贵妃的荔枝并非来自岭南。苏先生特别严谨，从空间上、时间上，科学地证明了岭南的荔枝无论如何飞驰接力，也无法在变质前送达骊山。那荔枝是从哪儿来的呢？苏轼给出了他的答案——四川。还别说，这个结论令人信服：第一，四川产荔枝，张籍的《成都曲》中就有"新雨山头荔枝熟"之句。第二，杨贵妃的童年是在四川度过的，喜爱这里的荔枝口味，合情合理。更重要的是，从四川到长安，时间上能来得及呀。

长安游第二站：长安酒肆

　　不容易，不容易，终于轮到我老杜登场了。我是大家长安城游览的第二位文化导游——杜甫，杜子美。

　　说起开元盛世，锦绣长安，最有意思的景点，不是名胜古迹，而是那一间间酒肆。因为呀，长安城最有意思的景观，不是物，而是人。想知道有哪些人吗？先读读我的这首诗吧。

饮中八仙歌

[唐] 杜甫

知章骑马似乘船，眼花落井水底眠。

汝阳三斗始朝天，道逢麹车口流涎，恨不移封向酒泉。

左相日兴费万钱，饮如长鲸吸百川，衔杯乐圣称避贤。

宗之潇洒美少年，举觞白眼望青天，皎如玉树临风前。

苏晋长斋绣佛前，醉中往往爱逃禅。

李白一斗诗百篇，长安市上酒家眠。

天子呼来不上船，自称臣是酒中仙。

张旭三杯草圣传，脱帽露顶王公前，挥毫落纸如云烟。

焦遂五斗方卓然，高谈雄辩惊四筵。

诗歌简译

　　贺知章酒后骑马，晃晃悠悠，如在乘船。他眼睛昏花坠入井中，竟在井底睡着了。

　　汝阳王李琎饮酒三斗以后才去觐见天子。路上碰到装载酒曲的车，酒味引得他口水直流，为自己没能封在水味如酒的酒泉郡而遗憾。

　　左丞相李适之每日为喝酒要花费一万钱，饮酒如长鲸吞吸百川之水。自称举杯豪饮是为了脱略政事，以便让贤。

　　崔宗之是一个潇洒的美少年，举杯饮酒时，常常傲视青天，俊美之姿有如玉树临风。

　　苏晋虽在佛前斋戒吃素，饮起酒来却常把佛门戒律忘得干干净净。

　　李白饮酒一斗，立可赋诗百篇，他去长安街酒肆饮酒，常常醉眠于酒家。

　　天子在湖池游宴，召他为诗作序，他因酒醉不肯上船，自称是酒中之仙。

　　张旭饮酒三杯，即挥毫作书，时人称为草圣。他常不拘小节，在王公贵戚面前脱帽露顶，挥笔疾书，若得神助，其书如云烟之泻于纸张。

　　焦遂五杯酒下肚，才得精神振奋。在酒席上高谈阔论，常常语惊四座。

　　这首诗以洗练的语言、人物速写的笔法，描绘了"酒中八仙人"各有特点的醉态，充分表现了他们嗜酒如命、放浪不羁的性格，生动地再现了盛唐时代文人士大夫乐观放达的精神面貌。

【诗人讲故事】——杜甫

　　大家瞧见了吗？这八位人物，称得上长安城的名人代表，而且，他们有一个共同特点，那就是太爱喝酒啦！想见到这几位名人，不需四处寻觅，只需在长安城的著名酒肆外守株待兔，他们准会给你惊喜。看，这不是来了其中三位。

　　"知章骑马似乘船，眼花落井水底眠。"第一位是可爱的贺知章老先生。先生虽老，但酒量不小。你看，这会儿他又喝得酩酊大醉了，偏偏倒倒地走出酒肆，光爬上马背，就花了半天的时间。再看贺老先生骑马，那叫一个潇洒，就像在坐船一样，东倒西歪，晃来晃去，真是体现了万有引力。更要命的是，骑着骑着，到了一个水井边。老先生眯缝着眼睛，突然有了兴致，盯着井口看了看，说道："这儿，还有这么多酒呢，我去喝一口。"刚说完，身子一斜，扑通一声直接栽到井里去了。过往的人们看见了，慌忙跑过去救人。哪知道，还没到井边，就听到井里传来了巨大的鼾声。原来这位贺老诗人居然在井底睡着了！你说惊不惊喜，笑不笑人？

　　再看这位，我的偶像李白先生。"李白一斗诗百篇，长安市上酒家眠。天子呼来不上船，自称臣是酒中仙。"与贺知章相比，李白是有过之而无不及。贺知章再醉也还要回家，李白更干脆，在哪儿醉，就在哪儿睡。下面这个故事，更是能惊掉你的下巴。

有一天晚上，李白兴致不错，来到一家大酒肆喝酒。店小二搬上一坛美酒，李白喝后诗兴大发，命人拿来纸笔，笔走龙蛇，写下了一首首优美的诗篇。写完后，笔一扔，身子一歪，直接趴在桌子上就睡着了。当时李白是有官职的，负责给皇帝写诗作文。

恰好，当天晚上，皇帝在游船，兴致来了，命人找李白来写诗。手下人找了半天，终于在长安城的一家酒肆中找到了李白，赶紧推醒李白。还未完全从睡梦中清醒的李白，虚着眼睛不耐烦地问："什……什么事？"来人赶紧告诉他："皇上宣你去写诗。"哪知道酒后的李白胆大包天，一挥手说："不……不去，我是酒中的神仙，他是人间的皇帝。他，管不着我！"说完，又倒头大睡。你说，李白这哪里是喝酒，完全是玩儿命呀！

最后出场的这位酒仙，是草圣张旭。他喝酒后的状态，你如果能遇见，一定会目瞪口呆。

"张旭三杯草圣传，脱帽露顶王公前，挥毫落纸如云烟。"古代人特别讲究礼仪，尤其戴好帽子是礼仪的一个重要标志。可是喝了酒后的张旭，那就完全不在乎了。三杯酒下肚，张旭开始狂态毕露。只见他把帽子一摘，露出自己的头发和脑袋，垂下发辫，直接把发尾扎进墨水中，饱蘸浓墨，用头发书写。他身姿潇洒，如舞蹈一般，片刻之后，满纸烟云，笔力雄健。他，竟然是这样写字的！

所以，古代长安城最美的景象是人，是这些时代精神的展现者。当然还有我们没来得及讲到的跟在运酒车后面流口水的汝阳王李琎，张着鲸鱼般大嘴喝酒的宰相李适之等人，他们会让你的长安城游览更惊喜，更有趣。

长安游第三站：唐皇宫

　　小朋友们，想知道盛世大唐最繁华的皇城之中藏着什么秘密吗？那就得听听我——王维的讲解。

　　唐王朝的皇家宫殿一共有三座：太极宫、大明宫、兴庆宫。

　　太极宫最著名的景点就是玄武门，在这里发生了改写唐朝历史的著名事件"玄武门之变"。唐高祖李渊建立了唐朝，当时功劳最大、最有威望的是秦王李世民，但按照李渊的心意，继承皇位的是太子李建成。这就导致了双方势力水火不容，大战一触即发。

　　李世民决定抢先下手，他探知太子李建成和弟弟李元吉准备入宫面圣，便事先带着军队埋伏在入宫的必经之处——玄武门。等到太子一行人到来之时，伏兵四起，一举杀死了太子和李元吉。然后，李世民被高祖立为皇太子，两个月后正式登上了皇位，成为唐太宗。

　　大明宫始建于贞观八年（634），是李世民为其父李渊修建的。龙朔二年（662），唐高宗李治将其扩建。扩建后的大明宫堪称规模空前，成为帝王居住与朝会的主要场所，见证了唐王朝的鼎盛与繁荣。先来读读我的这首诗。

和贾舍人早朝大明宫之作

[唐] 王维

绛帻鸡人送晓筹，尚衣方进翠云裘。

九天阊阖开宫殿，万国衣冠拜冕旒。

日色才临仙掌动，香烟欲傍衮龙浮。

朝罢须裁五色诏，佩声归向凤池头。

诗歌简译

　　戴着红巾的卫士在宫门报晓，尚衣官员向天子进上绣着翠云的皮袍。层层叠叠的宫殿如九重天门迤逦打开，异邦万国的使臣一齐向着皇帝跪见朝拜。日色刚刚照临殿堂，仪仗已排列成扇形屏障。御炉中香烟袅袅，缭绕着天子的龙袍浮动飘忽。早朝过后中书省的官员退到凤凰池上，用五色彩纸起草皇上的诏书。

　　这首诗利用细节描写和场景渲染，描绘了大明宫早朝时庄严华贵的气氛和皇帝的尊贵与威严。

【诗人讲故事】——王维

　　大唐王朝的鼎盛故事几乎都发生在大明宫里。其中，最令人震撼和难忘的就是"万国来朝"。

　　唐王朝是当时世界上最发达强盛的王朝，以其开明大度的社会风气、领先世界的文明成果，引来四野

八荒朝贺的目光。"万国"当然是虚指，世界上也没有那么多国家，但历史上真实记载的向唐王朝朝贺的国家数量也非常可观。据《唐六典》记载，向唐帝国朝贡的国家累计多达三百余，至唐玄宗时期尚存者也有七十余。

唐王朝强大到什么程度呢？贞观十三年（639），万国来朝，而唯独高昌国王麴文泰缺席，于是唐太宗对高昌国的使臣说："万国来朝，唯独高昌国不到，你回去告诉你的国君，如此无礼，等着大唐王朝的铁骑到来吧！"你以为这只是吓唬高昌国王吗？李世民可是个说到做到的狠人，第二年就派遣侯君集、薛万均等大将证讨。贞观十四年（640），高昌国就被唐所灭。这件事儿吓得西域各国瑟瑟发抖，后来的"万国来朝"再也没有人敢缺席了。

"九天阊阖开宫殿，万国衣冠拜冕旒"，我诗中描写的"万国来朝"，举行地点在大明宫含元殿。这是一座超级大的宫殿，为三出阙宫殿结构，殿堂坐于三重高台之上，台基高15米，东西长77米，南北宽43米。加上殿前广场，足足能容纳万余人。如果你能亲眼看见这壮观的景象，一定会深深地为大唐骄傲。

令人遗憾的是，随着唐王朝的衰落，大明宫也走向了毁灭。唐僖宗广明元年（880），黄巢率军攻入长安，与唐军交战三年，使得长安城各类建筑焚烧殆尽，大明宫也遭到极大破坏。后来又历经叛军的一场大火、宦官的大火焚宫，大明宫终于在历史长河中烟消云散。

【游览小结】

小朋友们，游览完古城长安，你有什么收获呢？

乐小诗

1.你知道华清宫在长安城附近的哪座山上？（　）

　　A.终南山　　B.华山　　C.骊山

2.《饮中八仙歌》中，连皇帝都不放在眼里的是谁？（　）

　　A.贺知章　　B.李白　　C.张旭

3.唐朝最壮观的"万国来朝"发生在哪里？（　）

　　A.大明宫　　B.太极宫　　C.兴庆宫

【陈老师精选诗人小故事】

王维服药装哑

安史之乱发生后，叛军攻入了长安，很多大臣没来得及撤离，成了叛军的俘虏，其中就有大诗人王维。安禄山如获至宝，立即派人把王维迎到洛阳，要给予王维高官厚禄，希望他能投诚。王维没有选择像大书法家颜真卿那样以死殉国，但也绝不愿意成为叛军的爪牙。他选择了一个折中的方法，服食了一种会让人拉肚子的药物，造成痢疾的症状，并假装无法说话。这样，就无法为叛军所用了。哪知安禄山知道后，依然把他囚禁在菩提寺中，并硬给他给事中之伪职。

在被囚禁的日子里，王维口不能言，消息不通，好在好友裴迪不惧艰险，常来探望。有一次，裴迪带来了安禄山屠杀忠良的"凝碧池惨案"的消息，王维悲愤不已，写下了"万户伤心生野烟，百官何日更朝天？秋槐叶落空宫里，凝碧池头奏管弦"的诗篇，表达了对朝廷的牵挂和对叛军的痛恨。

安史之乱平定后，那些在叛军朝廷做过官的人都受到了严惩，唯独王维因为这首诗歌，感动了皇帝，得以保全。

第三章

走进幽州

导语

死去元知万事空，但悲不见九州同……

乐小诗

哟，你在背诗呀，来，我考考你，你刚才背的"九州"是哪九州？

陈老师

这个……你怎么老是问到我不懂的知识呢？

乐小诗

这就对了呀，不懂才更该学嘛。仔细听着，九州是古代中国的代称，按照《周礼》的记载，这九州分别是：豫州、青州、扬州、荆州、雍州、冀州、兖州、幽州、并州。当然，别的古书上关于九州还有一些不同的说法。

陈老师

难道，我们今天要去这古九州游览吗？

乐小诗

答对了，在那片土地上有我们今天的首都……

陈老师

北京！

乐小诗

对！北京在古时候属于古九州中的幽州，咱们今天就去幽州好好逛一逛！

陈老师

让我畅想一下，古代的幽州肯定特别繁荣，人山人海，车水马龙……

乐小诗

打住！想都别想。因为在汉唐时期，幽州都属于边塞之地，长年打仗，哪儿来的人山人海。想知道它真实的景象吗？那就让我们跟随诗歌去好好游历吧。

时光机，请努力，带我们回到过去……

陈老师

幽州游第一站：幽州台

哇！好高远的天，好荒芜的台，好冷清的风景，好忧郁的造型。先生，您是谁呀？

乐小诗

我是来自四川射洪的诗人陈子昂。

您为什么站在这个地方？您为什么看上去如此悲伤？

乐小诗

这一切都在我的诗中……

登幽州台歌

［唐］陈子昂

前不见古人，后不见来者。

念天地之悠悠，独怆然而涕下。

诗歌简译

往前不见古代招贤的圣君，往后不见后世求才的明主。只有那苍茫天地悠悠无限，自己止不住悲伤落泪。

这是一首吊古伤今的生命悲歌，通过描写登高远眺，凭今吊古所引起的无限感慨，抒发了诗人抑郁已久的悲愤之情，深刻地揭示了封建社会中那些怀才不遇的知识分子遭受压抑的境遇，表达了他们在理想破灭时孤寂郁闷的心情。

【诗人讲故事】——陈子昂

小朋友们，我们所在的这个地方叫幽州台，也叫"黄金台"。说到这黄金台，我就先给大家讲一段燕国的传奇故事——"千金买骨"。

在《战国策·燕策一》中记载了一个这样的故事：燕国与强大的齐国是邻居，齐国常常侵扰燕国，屡次大败燕国。燕昭王登基后，想要改变这样的局面。他深知人才是国家强大的关键，于是，开出了丰厚的条件，向全天下广招人才。

可是求贤的广告发布了半年多的时间，一个人才也没有寻得。燕昭王非常的苦闷，于是，向燕国的一位智者郭隗请教。郭隗给燕昭王讲述了一个故事：以前，有一位国君愿意出千两黄金去购买千里马，然而时间过去了三年，始终没有买到。后来，一个侍臣对国君说，他能成功买来千里马。国君很高兴，便给了他千两黄金去买马。很快，侍臣回来了，他告诉国君，那匹千里马已经死了，他用五百两黄金买回了千里马的骨头。国君生气地说："我要的是活马，你怎么花这么多钱买一堆死马的骨头来呢？"

侍臣回答道："连千里马的尸骨您都舍得花五百两黄金买，更何况活马呢？这一举动必然会引来天下人为大王提供活马。"果然，没过多长时间，就有人送来了许多匹千里马。

郭隗又说："大王，要招揽人才，不如先从我郭隗开始。像我这种才疏学浅的人都能被您重用，那些比我本事更强的人，必然会闻风千里迢迢赶来的。"

燕昭王恍然大悟，他采纳了郭隗的建议，拜郭隗为师，为他建造了豪华的宫殿。同时，在易水旁建造高台，在高台上堆满黄金，用来奖励人才。这就是黄金台的来历。

后来没多久，果然出现了"士争凑燕"的局面。投奔而来的有魏国的军事家乐毅，有齐国的阴阳家邹衍，还有赵国的游说家剧辛，等等。燕国一下子便人才济济，逐渐成为一个富裕兴旺的强国。接着，燕昭王兴兵报仇，将齐国打得只剩下两个城市。

接下来，我要告诉大家，为什么在这黄金台上，我这么悲伤呢？因为，我饱读诗书，胸怀大志，可惜的是不仅难以施展抱负，还曾经被小人诬陷，入了大狱。女皇武则天也怪我过于刚直，不予重用。后来好不容易抓住北边战事的机会，想要军前立功，可是主帅武攸宜是女皇亲戚，不务正业又嫉贤妒能，极力排挤我。我报国无门，满腔悲愤，站在这黄金台上，怎能不感叹生不逢时。

"前不见古人"，我怎么就

不能遇见燕昭王那样贤明的君主呀！人过中年，再往后等，也等不来继位的贤主了，站在这茫茫天地中，怎能不悲上心头，眼泪直流呀！

小朋友们，别忘了记住一个知识点，"涕"在古诗中，是眼泪的意思，可不是指鼻涕，不然，我那哭相，可就见不得人了。

幽州游第二站：蓟门

大家好，我是带你们游览幽州的第二位文化导游祖咏。别看我名气不是很大，但我可被誉为唐朝最牛的考生哟！

这个称号的来历，还要从我参加长安科举考试时说起。当时的考试规定是写一首六韵十二句的长诗，考题为"终南望余雪"。可是当我写完"终南阴岭秀，积雪浮云端。林表明霁色，城中增暮寒"这四句后，感觉已经把心中的意味写尽了，便毅然搁笔、交卷。主考官都愣住了，这么重要的考试，我竟然只写了四句，难道不识数吗？主考官好心规劝我写够句数，可我也真是够倔，坚持不肯增添一个字。那一场考试我当然名落孙山了，可是为了心中的文学追求，失去功名我也认为值得。最终因为这件事，我收获了一个"最牛考生"的荣誉称号。当然，这是后人的玩笑。不过，从另一个角度来讲，那一场考试几百人同写"终南望余雪"，只有我这一首诗歌流传至今，你说这算不算另外一种成功呢？

好了，接下来我为大家介绍古幽州一处著名的景点——蓟门，看看在那里又有着怎样有趣的故事。先来读读我的诗歌。

望蓟门

[唐] 祖咏

燕台一望客心惊，笳鼓喧喧汉将营。

万里寒光生积雪，三边曙色动危旌。

沙场烽火连胡月，海畔云山拥蓟城。

少小虽非投笔吏，论功还欲请长缨。

诗歌简译

登上燕台眺望远方，心中不禁感到震惊，笳鼓喧闹的地方原是汉将兵营。万里积雪笼罩着冷冽的寒光，边塞曙光映照着飘动的旌旗。战场上烽火连天，遮掩了边塞的明月，南渤海与北云山拱卫着蓟门城。少年时虽不像班超那样投笔从戎，论功名我却想学终军自愿请缨。

这首诗写诗人到边地见到壮丽景色，抒发立功报国的壮志，体现了盛唐诗人的昂扬情调。

【诗人讲故事】——祖咏

蓟门是一个很有争议的地方，历史上有几种不同的说法：有人说它是一座具体的城门，比如元、明时期就是把德胜门外的元朝大都城健德门当作蓟门旧址；也有人说，蓟门不是一座具体的城门，而是泛指幽燕，即今天的北京这片地域；还有一种说法，蓟门指的是北京城西德胜门外的蓟丘。简直众说纷纭，莫衷一是。最有趣的是，清朝的乾隆皇帝也加入了对蓟门的研究，还得出了一个官方认证。怎么回事儿？我们来聊聊这个故事。

相传有一次乾隆皇帝在读古诗时，偶然对诗句中的"蓟门"一词产生了兴趣。他向侍读大臣发问："蓟门在哪儿？"侍读大臣对此一无所知，但又不敢说不知道，于是敷衍而笼统地回答道："在古城。"没想到乾隆皇帝非常认真，一定要去古城寻找蓟门。

北京地区古城很多，到哪里去找呢？大臣们耍了个心眼：如果去延庆的古城得走二百里，去房山的古城得走一百里。只有一处古城最近，在德胜门外，距皇宫不过十里左右。于是侍卫官拉马，侍候皇上出德胜门，奔西北方向走去。

德胜门外的古城，是用土夯实而成的，俗称土城。说来也巧，乾隆皇帝顺着土城走着走着，果然发现了一座古城门，他非常得意，认为此门就是蓟门。登城远望，绿树成荫，犹如一片林海烟云，好一派幽静而自然的景色。他诗兴大发，命人拿笔来，即席而作："十里轻扬烟霭浮，蓟门指点认荒丘。"并立了一通石碑，上面题写了"蓟门烟树"四个大字。

从此，这就成了皇家认定的蓟门所在，而"蓟门烟树"也成了燕京八景之一。

这当然不是我诗中所提到的蓟门，我笔下的蓟门在唐朝属范阳道管辖，是屯驻重兵之地。这首诗就创作于我任职范阳期间。那是我第一次来到祖国的边陲，壮丽雄伟的塞外风光让我的心被深深震撼，历史上那一幕幕英雄的壮举也让我热血沸腾。我不由自主地想起了两位边塞英雄——"少小虽非投笔吏，论功还欲请长缨"。

第一位是班超。班超年轻的时候家里很穷，他靠帮官府抄写公文勉强过日子。抄写工作十分辛苦而枯燥，这令胸怀大志的班超备感煎熬。终于有一天，他正在抄写公文的时候，突然间站起来，狠狠地将笔扔到地上，愤怒地说："大丈夫应该像傅介子、张骞那样，在战场上立下功劳，怎么可以在这种抄抄写写的小事中白白地消耗一生呢！"从那以后，班超就扔掉手中的笔参了军。他作战勇敢，头脑灵活，在西北边塞屡立战功，最终被封为定远侯，实现了自己的人生理想与抱负。这个典故叫作"投笔从戎"。

第二位是终军。西汉武帝时期，南越尚未平复，动乱不堪，出使南越十分危险。汉武帝想要让南越归顺，准备派使节出访南越让其国王、太后入汉为人质，此次出访的危险性可想而知，极易被对方认为是故意挑衅而丧命。为了国家的安定和平，终军主动挺身而出，表示愿意担当重任，为国献身。他豪情万丈地对汉武帝说："请给我一根长绳子，一定捆住南越王把他送到朝廷来。"

终军不辱使命成功说服了南越王，但可惜的是南越丞相吕嘉极力反对，起兵叛乱，杀死了南越王，终军也未能幸免。终军死时年仅二十余岁，世人称之为"终童"。这个典故叫作"终军请缨"。

我这颗拳拳的报国之心，你们有没有感受到呢？

幽州游第三站：易水

乐小诗

哇，这河里的水好冷！

当然啦，谁不知道"风萧萧兮易水寒"。

乐小诗

您又是谁呀？

我想，我应该是全中国孩子读古诗的启蒙人，你们应该都是读着我的《咏鹅》，走进诗歌的世界吧。

乐小诗

我知道您，您是骆宾王，"初唐四杰"之一。

对啦，接下来，我给大家讲讲易水边的故事吧。先读读我的这首诗《于易水送人》。

于易水送人

[唐] 骆宾王

此地别燕丹，壮士发冲冠。

昔时人已没，今日水犹寒。

诗歌简译

在此地离别了燕太子丹，壮士荆轲愤怒得头发冲冠。昔日的英豪已经长逝，今天这易水还那样凄寒。

此诗描述诗人在易水送别友人时的感受，并借咏史以喻今。前两句通过咏怀古事，写出送别友人的地点；后两句是怀古伤今之辞，抒发了诗人的感慨。

【诗人讲故事】——骆宾王

小朋友们，你们知道吗？这易水之边，曾经发生过一个特别有名的故事——"荆轲刺秦王"，故事的主人公荆轲是千古闻名的英雄。

诗的第一句中提到的"燕丹"，是燕国的太子丹。他本在秦国做人质，当秦王嬴政准备吞并天下时，燕太子丹逃回了燕国。

燕太子丹明白秦国的强大，知道在战场上肯定无法打败秦国，于是想到了一个擒贼先擒王的方法——刺杀秦王。这样秦国必然大乱，燕国就能解除危机。

可是，秦王谨慎无比，秦王宫又戒备森严，因此，这名刺客需要有非常的本事。

有人向燕太子丹推荐了荆轲。荆轲并不是武术高手，但他胆识过人，沉着果敢，是当时非常知名的刺客。燕太子丹亲自登门拜访，恳请荆轲为天下人刺杀秦王。这是一场注定不能活着离开的刺杀，就算刺杀成功，也必死无疑。荆轲果然是真的勇士，他毅然接下了这个任务。

荆轲开始精心准备刺杀计划，他为太子丹分析："秦王用一千斤金（当时以铜为金）和一万户人口的封地作悬赏来购取樊於期将军的头颅。如果能够得到樊将军的首级及燕国督亢一带的地图献给秦王，秦王一定高兴地召见我，这样我就有办法刺杀秦王。"接下来荆轲说服樊将军牺牲自己，献出了人头，又准备好了燕国最肥沃的土地督亢地区的地图。

为了使刺杀更加有保证，荆轲还想到了一个巧妙的计划：先准备一把沾有剧毒的匕首，然后将它藏在督亢的地图之中，到时候趁给秦王打开地图的机会，图穷匕首见，一举刺杀秦王。

可是，一切准备工作就绪后，荆轲却迟迟没有动身。燕太子丹有点儿着急了，找到荆轲询问原因。荆轲这才解释，原来他在等天下最厉害的剑客盖聂来做他的帮手。可是，邀请的消息送出去了很久，盖聂却一直没来。

燕太子丹不愿再等下去，他对荆轲说："先生要等的一定是一位勇士，可我燕国就有这样的勇士。他叫秦舞阳，请先生带着秦舞阳动身吧。"

荆轲知道再等下去，恐怕会让太子丹起疑心，便毅然决定动身。太子丹和知道这件事的宾客，都穿着白衣，戴着白帽，到易水边给荆轲送行。高渐离击筑，荆轲和着节拍唱歌，众宾客都流着泪小声哭泣。随后，荆轲上前，唱出了震撼人心的歌声："风萧萧兮易水寒，壮士一去兮不复还。"在场的众人都被这歌声中的悲壮豪情所感染，所振奋，头发都向上竖起，顶住了帽子。

从那以后，易水河边，仿佛总是飘荡着英雄的歌声，而易水也越发的寒冷刺骨了。

【游览小结】

小朋友们，一起来回忆这场旅行吧。

乐小诗

1.黄金台典故中提到的故事是（　　）
　A.千金买琴　B.千金买骨　C.千金买赋
2.祖咏《望蓟门》诗中没有提到的典故是（　　）
　A.投笔从戎　B.封狼居胥　C.终军请缨
3.荆轲刺秦王中，荆轲带去的见面礼是（　　）
　A.黄金＋地图　B.宝物＋美女　C.人头＋地图

【陈老师精选诗人小故事】

陈子昂摔琴扬名

陈子昂年轻时从家乡四川千里迢迢来到都城长安，想要一展鸿鹄大志。他四处登门，赠诗献文，然而不是被拒之门外，就是受冷言相讥。一段时间过去，他依旧默默无闻，心中十分郁闷。

一天，街上来了个老者售卖一把名贵的胡琴，要价一百万。大家都簇拥围观，一些豪门富商争相传看，却没有人买。陈子昂突然走了出来，看了看身边的人，说道："这琴，我出一千缗钱买了。"众人一听，都惊异得不得了。陈子昂说："我擅长弹奏胡琴，今天看到这把绝佳之琴，千金又何足惜！"有人便问："可以听你弹奏一曲吗？"陈子昂答道："请大家明天到宣阳里听我弹奏。"

第二天，众人果然依约前往，宾客满座。陈子昂准备好酒菜，把胡琴放在桌上。吃过饭后，陈子昂捧起琴说："我是四川人陈子昂，写过上百篇文章，奔走长安，到处呈献，却不为人所知。这胡琴应是乐工所弹奏的，怎么值得我去留心钻研呢？"说罢，陈子昂高举胡琴，摔碎在地，然后把自己的文章一一赠送给在座诸人。众人十分惊奇，读起陈子昂的文章，只觉意高文丽，字字珠玑，于是争相传诵。

一天之内，陈子昂的名声和才华就轰动了整个京城。

第四章

走进成都

陈老师

乐小诗，唐朝时中国有两座最繁华的城市，被称为"扬一益二"，你知道是哪两座城市吗？

咳，您又来制造一问三不知。还是您教我吧。

乐小诗

"扬"指的是扬州，"益"指的是益州，治所在成都。我们今天就要去古代成都逛一逛。

陈老师

成都我知道，火锅、串串、麻辣烫，美食小吃样样棒……

乐小诗

你这个小吃货，成都古时候最出名的可不是美食，我先来给你讲讲成都几个著名的别称吧。

陈老师

1.芙蓉城

这个名字，源于一个浪漫的古代故事。据说呀，五代十国时期，后蜀的皇帝孟昶有一位贤淑美丽的妃子，被称作花蕊夫人。花蕊夫人特别喜爱芙蓉花。孟昶格外宠幸这位妃子，想送给她一份浪漫的礼物。古时候的成都城筑有完整的内城墙，孟昶就命人在四面的城墙上遍种芙蓉花。秋天到了，孟昶带着花蕊夫人登上城楼，放眼望去，艳若云霞，美丽无比，仿佛整个城市坠入了梦幻般的美景里。成都的老百姓也爱上了这样的景色，便开始在自己家里也种植芙蓉花，"芙蓉城"这个称号也就诞生了。

哇，好美的名字，好美的故事。

乐小诗

2.锦官城

这个名字来自于古代成都的特产——蜀锦。蜀锦在古代是一种奢侈品，仅供皇室贵族和达官贵人使用，与南京的云锦、苏州的宋锦、广西的壮锦并称为中国四大名锦。蜀锦织好之后，会先在江水中浸泡洗涤，巨大的锦缎占去了大片的江面，把整条江水都染成五彩斑斓的模样，所以成都的母亲河名叫锦江。朝廷在成都设立了锦官，专门负责采购和运输蜀锦，所以成都也就得到了"锦官城"的别称。

我听说成都还被称为"天府之国",这是什么意思呀?

乐小诗

简单地说,就是肥沃而富饶的土地的意思。成都的土壤细腻而肥沃,非常适合农作物生长,自古以来就受到无数赞誉。《华阳国志》中还给成都取了个更有趣的称号——"陆海",赞美成都物产丰富,堪比大海一样辽阔而充裕。

陈老师

我等不及了,我们赶紧去古代成都游览吧。

时光机,请努力,带我们回到过去……

乐小诗

成都游第一站:万里桥

大家好,我是中唐诗人张籍。我不是成都人,但我是一位被成都迷住的游客。成都到底有多美,快到我的诗里来瞧一瞧吧。

成都曲

[唐] 张籍

锦江近西烟水绿，新雨山头荔枝熟。

万里桥边多酒家，游人爱向谁家宿？

诗歌简译

锦江西面烟波浩瀚水色碧绿，雨后山坡上荔枝已经成熟。城南万里桥边有许多酒家，游客们喜欢向谁家投宿？

这首诗描写了成都的秀丽风光、风土人情及繁华景象，流露出诗人对成都的眷恋之情。

【诗人讲故事】——张籍

读完《成都曲》，大家会发现，我被成都迷住有三点原因。

第一，景色优美。你瞧一瞧那条锦江，水色中透着绿意，两岸苍翠无比，再加上云蒸霞蔚，真是一幅绝美的画面呀！

第二，物产丰富。往远处看，山上的荔枝已经成熟了，新雨之后，晶莹剔透，你就说，馋不馋？

第三，最让我眷恋的是成都的繁华，尤其是那座热闹非凡的万里桥。

你可不知道，万里桥边有多热闹！可能有小朋

友要问:"为什么会是桥边最热闹呢?"其实,这与四川的地势有关。李白说"蜀道之难,难于上青天",千百年来,人们进出成都,大多只能选择走水路。而万里桥正好是唐朝时成都重要的水陆码头和交通要口,天南海北的人都聚集在这里,所以热闹无比呀。

另外,"万里桥"的得名也有一段故事。三国时,蜀汉丞相诸葛亮曾在此设宴送大臣费祎出使东吴。登船之际,费祎感慨地说:"万里之行,始于此桥。"万里桥的得名便由此而来。

不过,对蜀国而言,万里桥边更重要的一次出使,是邓芝为修复吴蜀联盟破损的关系而出使东吴。

刘备病逝后,邓芝面见诸葛亮说:"现今主上(刘禅)年幼,在位不久,应该派遣使臣重新与东吴结好。"诸葛亮回答:"我想了很久,不知道任用谁去完成这件事,现在我找到了。"邓芝问是谁,诸葛亮

说："就是使君您了！"于是派邓芝出使吴国。

邓芝来到建业城后，孙权果然态度十分冷淡，把邓芝晾在馆驿里根本不接见。邓芝便自己上表求见孙权道："臣这次来也是为了吴国，不只是为了蜀汉。"孙权于是接见他，对邓芝说："我原本诚心想与蜀汉和亲，但恐怕汉主年幼，国小而大势困顿，如果曹魏乘虚进攻，不能保全自己，所以我感到十分犹疑了。"

邓芝答道："吴、蜀两国拥有四州的地方，大王您是有名于世的英杰，诸葛亮亦是当代特别杰出的人才。蜀有重险可固守，吴有三江可阻隔，结合这两个长处，成为唇齿之邦，进可并力夺取天下，退可鼎足而立，这是自然的常理。大王现在若想委身向魏，魏必定要大王您入朝朝拜，最少也要求太子前往做人质，若不遵从命令，就有理由讨伐，我国必定见有利而顺流进发，如此，江南之地便不再是大王所有了。"孙权沉思甚久，说道："先生，您说得很对啊！"吴国便与魏国断绝了关系，重新与蜀汉联盟。

邓芝立下了救国之功，回到成都时，诸葛亮亲自到万里桥迎接他。

从那以后，万里桥就成为成都最繁荣的地方。可是，来成都的游客却有了新的烦恼：这么多酒家，都这么热闹，我该选择哪一家呢……

成都游第二站：武侯祠

小朋友们好，又到我登场了，我是诗圣杜甫。

作为带你们游览成都的第二位文化导游，我有一点点尴尬，因为我来成都时的身份是……难民。说起来真是悲伤，我先后历经了幼子夭折、战乱流离的苦难，被困在了甘肃的冰天雪地之中。好在蜀中好友们热情相助，我才能摆脱困境，从甘肃天水入川。

在成都西郊的浣花溪边，我得到了几间破旧的茅屋安顿家小。当第二年的春天来临时，我感觉自己的生命在蓬勃雀跃，因为，来到成都，不仅仅可以获得安稳的生活，更重要的是可以前往我早就梦寐已久的神圣之地。想知道是哪里吗？先来读读我的这首诗吧。

蜀 相

[唐] 杜甫

丞相祠堂何处寻，锦官城外柏森森。

映阶碧草自春色，隔叶黄鹂空好音。

三顾频烦天下计，两朝开济老臣心。

出师未捷身先死，长使英雄泪满襟。

诗歌简译

诸葛丞相的祠堂去哪里寻找？就在那锦官城外翠柏长得郁郁苍苍的地方。碧草映照石阶自有一片春色，黄鹂在密叶间空有美妙的歌声。当年先主屡次向您求教大计，尔后您辅佐先主开国，又扶助后主继业。可惜您出师征战，还未完成大业就病死在军中，常使古今英雄感慨无比，泪湿衣襟。

这首诗借游览古迹，表达了诗人对蜀汉丞相诸葛亮雄才大略、辅佐两朝、忠心报国的称颂，以及对他出师未捷而身死的惋惜之情。

❖❖❖❖❖❖❖❖❖❖❖❖❖❖❖❖❖❖❖❖❖❖❖❖❖❖❖❖❖❖❖❖❖❖❖❖

【诗人讲故事】——杜甫

答案揭晓，我梦寐以求渴望前去的地方就是——武侯祠。

在这里，祭祀着古时候所有读书人心中的偶像——诸葛亮。还记得公元760年的春天，我刚刚把草堂整顿得勉强像个家的样子，便迫不及待地开启寻梦之旅。我不知道武侯祠的方位，便询问了老乡，终于成功抵达了武侯祠前。

"三顾频烦天下计，两朝开济老臣心。"站在蜀相诸葛亮的塑像之前，我仿佛看见了他传奇的一生。在这句诗中，我引用了与诸葛亮有关的非常重要的两个典故：

1. "三顾茅庐"——诸葛亮的事业起点

诸葛亮一生事业的起点，源自刘备"三顾茅庐"。《三国演义》中记载，刘备在中原吃了败仗，只得逃往荆州，投靠刘表。为了能够复兴汉室，夺取天下，刘备到处招纳人才。司马徽和徐庶为他举荐了一个人，此人就是人称"卧龙"的诸葛亮。当时的人们都说，得到卧龙诸葛亮的辅佐，便可以得到天下。

于是刘备就和关羽、张飞一起带着礼物到隆中卧龙岗去请诸葛亮出山。

哪知道，去得不巧，诸葛亮刚好外出了，刘备只得失望地回去。过了不久，刘备又和关羽、张飞冒着大风雪第二次去请诸葛亮，不料诸葛亮又出外闲游去了。刘备只得留下一封信，表达自己对诸葛亮的敬佩，希望请他出山来帮助自己挽救汉室。

到了第二年的春天，刘备沐浴斋戒，备好礼物，准备第三次去请诸葛亮。这一次，关羽不乐意了，说诸葛亮也许徒有一个虚名，未必有真才实学，所以不敢相见。张飞更是出主意，不用三人同去，由他一个人用绳子把诸葛亮捆来。刘备把张飞好好责备了一番，便又出发去请诸葛亮。

这一次，诸葛亮没有外出，正好在家，不过，在睡午觉。刘备不敢惊动他，一直恭恭敬敬地站在门外等待，直到诸葛亮自己醒来。

诸葛亮被刘备"三顾茅庐"的一片诚心感动，便离开隆中，到新野为刘备出谋划策，开启了自己辉煌而劳苦的征程。

2.白帝城托孤——诸葛亮的人生转折

诸葛亮从潇洒变为劳苦的转折，是缘于"白帝城托孤"。刘备为了给关羽报仇，夺回荆州，亲率大军讨伐东吴。结果，被陆逊火烧连营，大败逃回白帝城。刘备一病不起，知道自己命不久矣，便从成都召来了诸葛亮，进行临终托付。这是刘备第二次从内心打动了诸葛亮，让他死心塌地地为蜀汉倾尽心力。我们先看看刘备是怎么说的："你的才能，比魏主曹丕强上十倍，必然可成就光复汉业的大事。我的儿子刘禅如果可以辅佐，你便尽力辅佐他。如果他不争气，你就取代他成为蜀国的君主。"这一番话说出口，诸葛亮顿时感动得痛哭流涕，发誓一定竭尽全力相报，至死不渝。因为，古往今来，从来没有一个君主对臣子说过这样的话。这是超越了君臣关系的一份信任，竟能毫不犹豫地将这偌大江山直接托付给他。接着，刘备又叮嘱刘禅，他死之后，要用对待父亲的礼仪，侍奉诸葛亮。这两番托付，彻彻底底地征服了诸葛亮的心，从此，他为了复兴汉室，鞠躬尽瘁，死而后已。

　　所以，我们会看到，之前那位潇洒自如、神机妙算的诸葛先生变了，虽然智商依旧高超，心里的负担却开始变得沉重，最终累倒在五丈原，病重而逝。唉，"出师未捷身先死，长使英雄泪满襟"，怎能不让我老杜哭得一塌糊涂呀？

成都游第三站：散花楼

　　欣赏了一位游客、一位难民为大家介绍的成都，你们是不是在等待一个地道四川人的到来呀？别急，我不是来了吗？

　　大家好，这是我的第三次出场，我可是成都人……的邻居，绵阳江油人李白。虽说我不是成都人，但作为近邻，我对成都那是熟悉无比，了如指掌。我想给大家介绍的，是古代成都四大名楼之一的散花楼。先来看看我的这首作品。

登锦城散花楼

〔唐〕李白

日照锦城头，朝光散花楼。

金窗夹绣户，珠箔悬银钩。

飞梯绿云中，极目散我忧。

暮雨向三峡，春江绕双流。

今来一登望，如上九天游。

诗歌简译

　　太阳照耀着锦官城楼，朝霞映满散花楼。楼上有金色的窗户和雕花的大门，到处挂着珠箔、银钩的装饰。台阶高耸直入云端，我登上城楼极目远眺以除去烦恼。傍晚的雨水随着江水流向三峡，春水环绕着双流城。如今我在这里登楼观望，就好像在天宫中游览一样。

这首诗通过对登楼所见景物的描绘，抒发了登楼的愉悦之情，表现了青年李白的才情。

【诗人讲故事】——李白

成都古时候有四大名楼，分别是战国时所建的张仪楼，隋朝时所建的散花楼，五代时所建的得贤楼、西楼。其中，最神秘的当属散花楼。

首先，这个名字就有来历。根据历史记载，散花楼是隋朝时蜀王杨秀所建。相传，在楼顶晨光中，无数花瓣从天空中坠下，景象如同佛家传说中的"天女散花"，因而得名"散花楼"，听起来就非常令人向往。

开元九年（721），我慕名来到了散花楼前。仰望着这高高耸立的历史名楼，我的内心激动不已。我细细打量着它，晨光明丽，朝霞映照着整座楼宇，流光溢彩，令人目不暇接，仿佛一座金碧辉煌的仙境般的宫殿，光彩夺目。

　　成都城的繁荣在这座楼上得到了充分的体现。你看，楼上的窗户金光熠熠，门上的雕饰典雅华美，处处都透露着繁荣的气息。难怪人们把益州排到了全国的第二位，果然名不虚传。

　　登上散花楼，我终于可以把整座城市的美景尽收眼底，山川秀丽，物产丰厚。散花楼高耸入云，身处其间，简直如同在九天上的仙境游览一般，让人心胸开阔，精神为之一振。

　　这次登散花楼，对我来说有重要的意义。三年后，我做出了人生中最重要的决定——"仗剑出川，辞亲远游"。好多人不理解，为什么我会突然离开家乡，游历四方。其实，做出这个决定的一个很大原因就是当我登上散花楼时，第一次被这世间的繁荣所深深震撼。那一刻，我真正感受到了心底有一个强烈的愿望：世界那么大，我想去看看。

　　散花楼留给我的精神震撼还远远没有结束，三十多年后，当我再次提笔为成都写诗时，当年的游览体验涌上心头，一份熟悉的感慨喷薄而出："濯锦清江万里流，云帆龙舸下扬州。北地虽夸上林苑，南京还有散花楼。"这里的"南京"指的是成都，因为安史之乱时，唐玄宗逃到蜀郡避难，升蜀郡为成都府，因其在长安南，故号称南京。

令人遗憾的是，在后来的岁月里，散花楼屡次被毁。散花楼真正的美丽，也许只能在我的诗中去体会了。

【游览小结】

成都城游览完毕，我来考考你的记忆力。

乐小诗

1.以下哪一个不是成都的别称？（　　）

　A.天府之国　B.人间天堂　C.锦官城

2.万里桥因为谁的话而得名？（　　）

　A.费祎　B.诸葛亮　C.杜甫

3.李白是哪个地方的人？（　　）

　A.成都　B.江油　C.长安

【陈老师精选诗人小故事】

杜甫的"点赞"

上元二年（761），经过朋友们的帮助，杜甫已经在成都站稳了脚跟，开始逐渐融入社会交际。

作为当时四川行政长官严武的朋友，杜甫自然受到了官员将领们的青睐。比如有一位叫花敬定的将军，就曾邀请杜甫到他府上做客。

花敬定因为平定段子璋叛乱立下功劳，便居功自傲，目无朝廷，膨胀得不得了。他把宴会排场搞得非常大，还僭用天子的音乐。杜甫很难受，但也不得不忍耐，一来对方身份显赫，二来自己初来乍到，不给足面子不行呀，只好皱着眉头，静待结束。

没想到，花将军却得寸进尺。酒筵歌会结束后，杜甫刚想要离开，花敬定就拦住了他，说："你是著名的诗人，来给我写首诗，评价评价我的乐队歌舞怎么样。"杜甫推脱不了，心中有话又不好直说，于是委婉地写了一首《赠花卿》：

锦城丝管日纷纷，半入江风半入云。

此曲只应天上有，人间能得几回闻？

　　花敬定看后大喜，杜甫却摇着头默默离开了。因为，杜甫诗中真正想表达的意思是：这样的音乐只应该为天子演奏，你花敬定哪儿有资格听呢？难道想造反吗？可惜，花敬定没有领会到这首诗的弦外之音，反而把杜甫的提醒当成了"点赞"。

第五章

走进杭州

导语

陈老师

古人常说"上有天堂，下有苏杭"，今天，我们就去杭州领略一下世间最美的景色。

按照惯例，是不是要先说说杭州历史上的别称？

乐小诗

陈老师

你说对了。杭州的别称挺多的，我们先来看一看。

1.余杭

其实杭州最早的名字叫"禹杭"。"杭"字在古代有方舟或者造船的意思。有一种说法是，大禹治水时，曾经在这里造过大船，人们为了纪念这件事儿，就给此地取名"禹杭"。后来口口相传，就误传为余杭。

2.钱塘

秦统一六国后，在灵隐山麓设县治，称为"钱唐"。唐时因避国号讳，改名"钱塘"。著名的钱塘江便是因为流经古钱塘县而得名。

3.临安

杭州最有历史意义的别称叫"临安"。临安的意思有好几种说法：一种是南宋朝廷感念吴越国王钱弘俶纳土归宋对宋朝的功绩和对杭州的历史贡献，以其故里临安为府名，升杭州为临安府；还有一种说法是"君临即安"，就是皇帝来到，这里就安稳了的意思，寓意长治久安；最耐人寻味的说法是"临时安置"，意思是北宋灭亡，南宋临时定都杭州，具有终将复国复都的政治寓意。

那杭州到底有多美呢？

乐小诗

陈老师

　　有多美？我给你讲个著名的典故。宋朝人罗大经在《鹤林玉露》这本书中记载：北宋著名的词人柳永曾经写了一首《望海潮》，赠送给他在杭州做官的朋友孙何（据今人考证，"孙何"当为"孙沔"之误），词中描绘了杭州的繁华美景，广为流传。相传这首词传到了北方的金国，金主完颜亮听唱"三秋桂子，十里荷花"后，便对杭州垂涎三尺，加深了他侵吞南宋的野心。你说，杭州有多美？后来还有人写诗纪念这件事："谁把杭州曲子讴？荷花十里桂三秋。哪知卉木无情物，牵动长江万里愁。"

今天会有哪些诗人给我们介绍杭州的历史文化呢？

乐小诗

陈老师

　　别急，他们已经来了。
　　时光机，请努力，带我们回到过去……

杭州游第一站：临安邸

　　欢迎大家来到临安，也就是杭州城。我是南宋诗人林升，虽然我不太出名，但我的这首诗却家喻户晓。

　　大家先来读一读吧。

题临安邸

［宋］林升

山外青山楼外楼，西湖歌舞几时休？

暖风熏得游人醉，直把杭州作汴州。

诗歌简译

青山连绵不断，高楼重重叠叠，西湖上的歌舞什么时候才能停休？暖洋洋的春风吹得游人昏昏欲醉，简直是把临时苟安的杭州当成了故国的都城汴州。

这首诗对沉迷于歌舞生活，全然不想收复北方失地的南宋统治集团，予以辛辣的讽刺，表现了诗人对统治者醉生梦死、不顾国计民生的极大愤慨和对国家前途的深深担忧。

【诗人讲故事】——林升

小朋友们，这是我题写在临安城一家旅店墙壁上的诗，你们能读出我诗中的讽刺和愤怒吗？杭州很美，重山环绕，酒楼奢豪，西湖水更是让人犹如被仙境怀抱。可是，我为什么会如此愤怒呢？这源于一段属于宋朝的屈辱历史——靖康之耻。

公元1125年，北方强大的金国在灭掉了辽国后，开始对北宋发起进攻。当时的北宋皇帝宋徽宗昏庸无比，虽然在书画艺术上成就很高，但是在管理国家上一塌糊涂。国家危亡之际，他干脆甩手不干了，把帝位让给了自己的儿子宋钦宗。这样怎么可能拯救国家呢？糊涂的钦宗还听信奸臣谗言，罢免主战派将领，结果到了靖康二年（1127），金国大军攻破北宋首都开封，北宋王朝宣告灭亡。

这恐怕是中国历史上最耻辱的灭亡：首都沦陷，国家灭亡，两个皇帝都当了俘虏，金国人裹挟着北宋君臣、百姓、工匠、宫女嫔妃等足足十多万人满意地回家。岳飞将军曾经无比悲痛地写道："靖康耻，犹未雪。臣子恨，何时灭？"

逃到杭州后的南宋小朝廷并没有接受北宋亡国的惨痛教训而发愤图强，当政者不思收复中原失地，只求苟且偏安，对外屈膝投降，对内残酷迫害岳飞等爱国人士；政治上腐败无能，达官显贵一味纵情声色，寻欢作乐，在西湖美景、杭州山水中迷失了志向。他们忘记了在被金人占领的土地上，北宋子民们的苦苦期盼。你说，我怎能不讽刺，不愤怒！

杭州游第二站：西湖

"西湖美景三月天，春雨如酒柳如烟。"

乐小诗

陈老师

哟，你还唱上了。

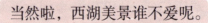
当然啦，西湖美景谁不爱呢。

乐小诗

陈老师

不过呀，你可不算最爱西湖的人。接下来，我给你介绍的这两位，可以称为最爱西湖的诗人，也可以称为西湖最爱的诗人。

是谁呀？快告诉我吧。

乐小诗

第一位是唐朝大诗人白居易，他对西湖的爱特别实在。

陈老师

第一，白居易一生写下了二百余首描写西湖的诗歌，在古代诗人中排第一位。

第二，白居易任杭州刺史时，为西湖办实事，先疏通前人开凿的六井，再挖掘淤泥修筑湖堤，让西湖水不再肆意汹涌，形成了美丽的景观。当初他修建的堤坝被后人称为"白堤"。

第三，白居易还在西湖的环境保护上不辞劳苦，倾尽全力。相传有这样两个小故事：

白居易治理西湖时，发布了严格的条规，禁止侵占湖面，填湖造地。为了保证条规的落实，白居易常常饭后就到湖边去遛弯。

有一天，白居易沿着西湖岸边行走，突然看见前面有一大户人家正在用泥土填湖。白居易立马上前问询，一打听，是衙内二爷的岳父家。这家人觉得自家花园面积太小，打算填湖造一亩地来扩建花园。呵，这不是撞到枪口上了吗？

白居易立刻现场办公，命人叫来那位二爷的岳父，当场宣布：填一赔十。也就是，侵占一亩西湖水域，罚他从自家土地中开凿十亩作为湖面。从此，再也没有人敢在西湖身上动歪脑筋了。

还有一次，白居易沿着西湖岸边散步，走着走着，就进入了山林间。突然看见前方来了一个人，肩膀上扛着一根大木头，那应该是一棵至少有二十年树龄的大树的树干。

白居易立刻命人抓捕了他。那人很委屈，说自己家中建房需要一根主梁，所以到山里砍了一棵树。再说，这也没有侵占西湖的利益呀。白居易严肃地告诉他："今天你建房砍一棵树，明天别人建房也砍一棵树，人人如此，那要不了多久，这山中的树岂不是被砍光了？没有了树，一下大雨，山中的泥沙就会被冲到西湖中，长久下来，西湖就会淤塞，这难道没有侵犯西湖的利益吗？"

一番话，说得那人心服口服。白居易继续现场办公，惩罚那人补种十棵树苗，这还没完，还要求他看护树苗二十年，直到树成材为止。你说，白居易对西湖是不是真爱？

好了，接下来，有请带咱们游览西湖的第一位文化导游白居易为大家讲讲他和西湖之间更有趣的一件事儿。

小朋友们，先来读读我为西湖写的这首诗吧。

钱塘湖春行

[唐] 白居易

孤山寺北贾亭西，水面初平云脚低。

几处早莺争暖树，谁家新燕啄春泥。

乱花渐欲迷人眼，浅草才能没马蹄。

最爱湖东行不足，绿杨阴里白沙堤。

诗歌简译

绕过孤山寺以北，漫步贾公亭以西，湖水初涨与岸平齐，白云垂得很低。几只早出的黄莺争抢向阳的暖树，谁家新飞来的燕子忙着筑巢衔泥。野花竞相开放，让人眼花缭乱，春草还没有长高，才刚刚没过马蹄。最喜爱湖东的美景，令人流连忘返，杨柳成排，绿荫中穿过一条白沙堤。

这首诗通过对西湖早春明媚风光的描绘，抒发了诗人早春游湖的喜悦和对西湖风景的喜爱。

【诗人讲故事】——白居易

这首诗藏着一个有趣的秘密。你们猜得出诗中哪一个字是别人帮我修改的吗？

　　别急，先跟我回到那一天的情景中去。那天，刚刚结束了一场欢聚，我意犹未尽，兴致很高，便开始绕着西湖漫步。春回大地，阳光明媚，我一路走，一路欣赏眼前的美景。瞧，鸟儿们在你追我赶，争夺沐浴阳光的权力。看，刚刚飞回的燕子，口中衔着新泥，都没空和我聊上两句。堤岸边，鲜花怒放，美得无与伦比；草丛里，绿草茸茸，刚能盖住飞驰的马蹄。不知不觉中，走到了我最爱的白沙堤，暖风习习，绿杨成荫。那一刻，我诗人的本能开始发作。很快，一首诗歌便新鲜出炉了。

　　熟悉我的小朋友都知道，我被称为"诗魔"。当然不是可怕的魔鬼的意思，而是说我的诗歌有魔力，能用最浅显的语言表现深刻的内涵。其实，这不是什么魔力，而是我有独特的修改方式：每次我写完一首诗后，都会去邻居老婆婆家，读给她听。如果老婆婆听不明白，我就继续修改，直到老婆婆听懂为止。这样就能做到语言的深入浅出。

　　当我写完这首诗歌的那一刻，刚好湖边就走来了那位老婆婆。我赶紧请老人家听我读读这首描写西湖的诗歌。老婆婆听完后，笑眯眯地对我说："诗写得很好，但有一个字，我觉得不好。"呀，这位老婆婆不仅能听诗，还能改诗，我赶紧向她请教。老婆婆说："你最后一句说'我爱湖东行不足'，怎么只是你爱呀，我们西湖人都爱才对呀！"听到这儿，我恍然大悟，立刻把"我"字改为了"最"字。

杭州游第三站：望湖楼

那第二位最爱西湖的诗人是谁呢？

乐小诗

陈老师

他呀，可能连白居易都要羡慕不已。在今天的西湖边有两条繁华的道路，一条叫东坡路，另一条叫学士路，这两条路都是用同一个人的名号、官职来命名的，他就是苏轼。

为什么杭州人民这么爱苏轼呀？

乐小诗

陈老师

因为爱都是相互的，苏轼对西湖也爱得非常诚挚。苏轼前后两次在杭州任职：三十五岁第一次上任杭州通判时，苏轼就发现西湖已经严重淤塞，于是立刻着手整治，与知州陈襄一道疏浚了城内六井及其他泉池。没想到十五年后，苏轼再次任职杭州太守，一看六井重又淤塞，西湖湖面大面积缩小，已经到了荒废的边缘。苏轼便带领官兵、百姓，疏浚两河，整治六井，挖掘淤泥，开湖筑堤。经过众人的不懈努力，西湖终于重现了昔日的风采。

陈老师

在这期间，苏轼命人用湖底淤泥修建了一条全长近三公里的堤岸。这条堤被后人称为"苏公堤"。"苏堤春晓"于是成了西湖十景之一，美不胜收。

苏轼太厉害啦！

乐小诗

陈老师

还有更厉害的呢。为了让西湖中的湖泥不再淤积，水草不再滋生，苏轼想到了一个一举三得的绝妙主意：将水草滋生区域开辟出来，租给农民种植菱角。一来，农户们会及时清理水草，保证湖泥不淤；二来，收取的租金可以用于西湖的整治维护；三来，可以解决部分农户的生计问题。为了防止有人越界乱种，苏轼又在湖中建了三座小石塔，告诉大家石塔以内禁止种植。后来，这三座石塔还成为西湖著名的十大景观之一"三潭印月"。

哇，太崇拜苏轼啦！

乐小诗

陈老师

那接下来，就请苏轼给我们讲讲西湖美景。

小朋友们好，我是带你们游览西湖的第二位文化导游苏轼，这次我们要去的是著名的望湖楼。在这里不仅能看见美景，还能见到奇观呢。读读我这首诗歌，你们一定会震惊的。

六月二十七日望湖楼醉书（其一）

［宋］苏轼

黑云翻墨未遮山，白雨跳珠乱入船。

卷地风来忽吹散，望湖楼下水如天。

诗歌简译

翻滚的乌云像泼洒的墨汁，还没有完全遮住远处的山峦。白花花的雨点似珍珠乱碰乱跳窜上船。忽然间卷地而来的狂风吹散了漫天的乌云，风雨后望湖楼下的西湖波光粼粼，水天一色。

这首诗写的是诗人坐船时所见，描绘了望湖楼的美丽雨景，生动地展现了骤雨忽晴的景象。

【诗人讲故事】——苏轼

这一次到杭州做官，我的心情是不痛快的。因为我是被贬官而来，每一次贬官都是对我实现梦想的一次沉重打击。好在杭州有西湖，西湖有醋鱼。我发现望湖楼真是个好地方，西湖美景一览无余，还能吃到美味的鱼。

我这首诗写的是一场大自然的神奇魔术，其变化的过程简直令人难以置信。

那本是一个惠风和畅的晴朗日子，我和友人相聚在望湖楼边的小船之上，一边饮酒，一边欣赏湖中的美景。喝着喝着，朋友就醉意朦胧，趴在桌上酣睡起来。我也趁着酒意站起身来，走出船舱，吹着湖面的清风，感觉十分惬意。就在我还没有回过神的瞬间，天色突然暗了下来，抬头一看，巨大的乌云在空中翻滚，气势磅礴，几乎遮蔽了整个天空。我下意识地指着天说："要下……""雨"字还没有来得及说出口，豆大的雨珠就从空中簌簌地落在我的脸颊上。再看四周，仿佛一瞬间就被暴雨吞没一般，好壮观，好魔幻。

这难得一见的大自然的惊人变幻，可不能我一

个人独享。我赶紧回到船舱，用力地想要摇醒我的朋友。他醉得很沉，好一会儿才缓缓醒来，我赶紧指着外面对他说："快看，好大的……""雨"字又没来得及说出口，一股巨大的风卷地而来，刹那间，把大雨和乌云都吹散了，阳光重现，万物灿烂。朋友揉了揉眼睛，一副上当受骗的神情，抱怨地说："哪儿有雨？你扰了我的美梦！"

哎，你说我冤不冤。哭笑不得的我，赶紧把这场经历用诗歌记录了下来。虽然被朋友抱怨，但是能经历大自然的奇妙变幻，我哪里还会有什么遗憾。小朋友们，你们是否也很期待与西湖奇景不期而遇呢？

【游览小结】

杭州美景，盖世无双，今天的游览，你最爱什么地方？

乐小诗

1. 古代杭州最有代表性的花是什么？（　　）

　A.牡丹与芍药　B.荷花与桂花　C.菊花与梅花

2. 白居易一生为西湖写了多少首诗歌？（　　）

　A.一百余首　B.二百余首　C.三百余首

3. 苏轼治理西湖时，大量种植的是什么植物？（　　）

　A.荷花　B.菱角　C.芦苇

【陈老师精选诗人小故事】

酥油饼的传说

在杭州西湖边，有一种非常著名的小吃叫作酥油饼，别称蓑衣饼，这饼和大诗人苏轼有很深的渊源。

相传在苏轼任职杭州期间，经常出外体察民情。有一天，他公事已毕，余兴正浓，就头戴斗笠，身披蓑衣，带了两名随从，冒雨来察看吴山有无险情。当时，吴山顶上有一对夫妻开了个油饼铺，这夫妻俩为人忠厚，他们做的油饼又酥又香，油而不腻，人人爱吃，生意十分兴隆。

苏轼肚子有点儿饿了，就买了些饼吃。一品尝，觉得这饼味道特别美，一口气连吃了三个。苏轼便问店主人这饼叫什么名字，店主人回复道就叫油饼，没有取正式的名字。

苏东坡仔细观察这油饼，一层层，一丝丝，很像自己身上披的蓑衣，便脱口而出道："我来为这饼取个名字吧，就叫它'蓑衣饼'。"从此，蓑衣饼的叫法便流传了下来。

那为什么又有了"酥油饼"这个叫法呢？因为在杭州的方言里，"蓑衣"与"酥油"谐音，而且油饼本身酥脆清香，于是渐渐就被人们称为酥油饼了。

第六章

走进武汉

导语

陈老师

　　今天我们要去的这座城市，地位特殊。长江流经了中国好多个城市，但只有这一座城市独享了长江的冠名权，被称为江城。

我来猜猜，是重庆？

乐小诗

陈老师

不对！

是上海？

乐小诗

陈老师

　　也不对，我来告诉你吧，这座城市是——武汉。

为什么武汉能被称为江城呢？

乐小诗

陈老师

　　这个问题，我请最有发言权的李白来给你讲讲吧。

武汉游第一站：江城

哇，今天出场这么早，我都还没准备好。不过没关系，谁叫咱李白是大文豪。想知道"江城"的来历，先读读我这首诗吧。

与史郎中钦听黄鹤楼上吹笛

[唐]李白

一为迁客去长沙，西望长安不见家。

黄鹤楼中吹玉笛，江城五月落梅花。

诗歌简译

　　被贬谪的人要远去长沙，向西边的长安望去，却看不到家。黄鹤楼中，吹奏起《梅花落》的曲调，仿佛五月的江城落满梅花，令人备感凄凉。

　　这首诗写诗人游览黄鹤楼时听笛的经历，抒发了诗人满腔的迁谪之感和去国之情。

【诗人讲故事】——李白

现在你知道为什么武汉被称为"江城"了吗？那是因为我给它取了这个名字呀。

写这首诗的时候，我的内心非常惆怅凄凉，因为，我正在流放夜郎的途中。安史之乱爆发后，永王李璘多次请我出山参加平定叛乱的斗争，我虽有疑虑，但最终还是怀着一腔爱国热情，同意做了他的幕僚。谁知道后来永王李璘擅自率兵东下，被唐肃宗以叛乱的罪名讨伐，兵败被杀。我受到牵连，遭到了流放夜郎的惩处。

前往夜郎途中经过武汉时，我的一位好友在黄鹤楼上为我接风洗尘。这位好友的名字就在诗题中，你能找到吗？他可不叫史郎中钦。古人称谓的规律是：姓在前面，官职或身份在中间，名在后面。所以，这位好友名叫史钦，官职是郎中。

酒过三巡，我感慨万分，自己满腹经纶，忠心为国，却不幸经历接二连三的挫折。在那一刻，我突然想起了一位与我的遭遇何其相似的古人。他才华盖世，名满天下，却遭人嫉妒，被排挤诽谤，从都城长安贬往遥远的长沙。这个人就是汉文帝时期的首席才子——贾谊。想当初，满朝皆赞"贾生才调更无伦"，可最后却沦落到被逐出京城。想到这儿，我忍不住写下"一为迁客去长沙，西望长安不见家"来缅怀贾谊，也告慰自己。

有时候我在想，也许每一个无辜被贬的迁客，都会自然而然地想起贾谊的遭遇，为他感慨，为自己悲伤。其实，贾谊被贬途经湘江时，也有过和我今天同样的思绪。他也想起了一位古人，那就是战国时期的著名爱国诗人屈原。屈原忠君爱国，一腔赤诚，却遭贵族谗毁，被先后流放至汉北和沅湘流域，最后以死殉国。贾谊感慨万分，为缅怀屈原写下名篇《吊屈原赋》。

从屈原到贾谊，再到我自己，这似乎就是爱国诗人的精神传承。想到这一幕幕，笛声仿佛都充满了忧伤。眼尖的小朋友可能会发现一个问题，对我说："李白，你写错了，'江城五月落梅花'，五月天了，怎么可能还有梅花呢？"

我得给你点个赞。我写错了吗？真错了，但我是故意写错的。因为，写诗需要押韵，为了押韵，我们有时候会交换词序。这首诗中，我想说的其实是《梅花落》这首笛曲，但如果按"梅花落"的顺序来写，就无法押韵了，无韵不成诗，所以，我故意写作"落梅花"。

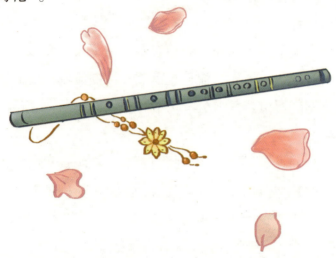

其他诗人为了押韵，有时也会故意写错呢。比如，唐朝末年的黄巢写过一句诗"待到秋来九月八，我花开后百花杀"。你瞧，重阳佳节是九月九，可是为了押韵，黄巢故意写成九月八。诗人对押韵的执着，你可不要小瞧啦。

黄鹤楼上还发生了更著名的故事，接下来，我要请连我都非常佩服的诗人崔颢来给大家好好讲一讲。

武汉游第二站：黄鹤楼

　　小朋友们好，我是连李白都自愧不如的诗人崔颢。这可不是我吹牛，是李白自己承认的。

　　元人辛文房《唐才子传》中记载了一则小故事：有一次，李白登上了黄鹤楼，放眼长江，景色迷人。他诗兴大发，正准备写下诗篇，可抬眼看到墙上已经有人写了一篇。按理说，有人写了也没关系，李白只需要超越对方就行了。哪知道李白读过诗作之后，摇了摇头，慢慢地放下了笔，说道："眼前有景道不得，崔颢题诗在上头。"他读到的正是我写的这首《黄鹤楼》。

黄鹤楼

［唐］崔颢

昔人已乘黄鹤去，此地空余黄鹤楼。

黄鹤一去不复返，白云千载空悠悠。

晴川历历汉阳树，芳草萋萋鹦鹉洲。

日暮乡关何处是？烟波江上使人愁。

诗歌简译

　　传说中的仙人已乘黄鹤飞去,这地方只留下空荡的黄鹤楼。飞去的黄鹤再也没有返回这里,唯有悠悠白云徒然千载依旧。晴朗的江边,汉阳的碧树历历在目,鹦鹉洲的芳草长得繁茂葱郁。暮色苍茫中,哪里是我的家乡?面对烟波渺渺的大江,令人满怀忧愁!

　　这首诗描写了在黄鹤楼上远眺的美好景色,通过凭吊古迹,抒发了诗人思念家乡的愁绪。

【诗人讲故事】——崔颢

　　要说这首《黄鹤楼》好在哪儿,我想,首先就是沾了黄鹤楼神奇传说故事的光。

　　在《江夏县志》中记载了一个这样的传说:很久很久以前,在蛇山的山脚下,开了一家小酒馆,老板姓辛,人称辛老板。辛老板古道热肠,待人亲切,为南来北往的客人接风洗尘,酒馆里每日都很热闹。

　　一天,店里来了一个身材魁梧但衣衫褴褛的客人。他看上去有些寒酸,但神色从容地询问辛老板能否讨一碗酒喝。好心肠的老板没有因为对方的衣着而有所怠慢,二话不说就端出一大碗酒来。只见这位客人一饮而尽,喝了一碗还不够,接连喝了好几碗,直到喝得醉醺醺,才心满意足地抹抹嘴巴离开了。

　　第二天,这位客人又来了,丝毫不提昨日的酒钱，依然找辛老板讨酒喝。辛老板没有赶他走，而是像昨天一样端酒给他喝。就这样过了大半年，这位客人天天都到店里讨酒喝，却分文未付。其他客人都劝辛老板不要再接待这个吃白食的人，但善良的辛老板从不抱怨，总是大方地款待他。

有一天，这位客人像往常一样来到店里。辛老板像往常一样，端出一碗酒。可这次客人没有喝，他对辛老板说："我在您这里喝了大半年的酒，从来没有付过酒钱，算起来，已经欠了您很多钱。但您并没有嫌弃我，还每天给我酒喝。承蒙您这段时间的照顾，我给您画一幅画作为报答吧。"说完，他从篮子里拿出一些橘子皮，在酒馆找了一面墙，寥寥几笔勾画出一只仙鹤。因为是用橘子皮画的，所以仙鹤是黄色的。

画完后，这位客人吟起诗来："酒客至拍手，鹤即下飞舞。"说完，飘然而去。大家看到这人转眼就不见了，都大为惊讶，猜测他吟的诗是什么意思。有人质疑道："那人说一拍手，仙鹤就能飞下来跳舞，可这仙鹤画在墙上，又不是活物，怎么可能飞下来跳舞？"

辛老板听后，想着自己本来也没有想要这笔酒钱，不如试一试，看看其中有什么玄机。于是他试着拍了一下手，只见墙上的黄鹤伸出优雅的长腿，扇动美丽的双翅，从画中飞了出来。它摆动着优美的身姿，翩翩起舞。

众人看到这一幕，先是不敢相信自己的眼睛，然后争先恐后地拍手逗引黄鹤起舞。当大家停止拍手后，黄鹤就飞回到墙上，又变成了一幅画。

酒馆有只会跳舞的仙鹤的消息渐渐传开，大家纷纷来观看这难得一见的奇景，甚至有人不远万里慕名而来，只为一睹黄鹤起舞的风采。酒馆一时门庭若市，辛老板的生意越来越好，赚了很多钱。闲暇时，辛老板总会想起那位客人，觉得那位客人或许是个神仙，要是有缘再见，一定要好好感谢他。

转眼十年过去了，突然有一天，那位衣衫褴褛的客人又飘然来到酒店。辛老板一见他，便赶紧迎了上去，满怀谢意地说："感谢您当年给我留下的这只黄鹤，从那以后我这里的生意一直很好。这么多年来，我一直挂念着您。这次您来了就不要走了吧，以后您的酒我都包了。"那位客人笑着回答说："多谢您的好意，但我哪里是为了这个而来的呢！"接着便取出笛子，吹奏曲子，没多久，只见朵朵白云自空中飘下，画上的黄鹤随着白云飞到那位客人面前。客人回头对辛老板笑了笑，便跨上鹤背，乘着白云飞上天去了。

　　辛老板目送那位客人和黄鹤渐渐飞远，虽然黄鹤跳舞的奇景日后不再有了，但他还是非常感谢这位客人。为了纪念这段神奇的经历，他用十年赚下来的积蓄，在黄鹄矶上修建了一座楼阁。起初人们称之为"辛氏楼"，后来便称为"黄鹤楼"。

　　顺便告诉大家一个秘密，李白自从在黄鹤楼被我的诗歌打败后，一直不服气，后来他先后写了《鹦鹉洲》和《登金陵凤凰台》，来对我发起挑战。能让诗仙李白这么记挂，我是不是该自豪呢？

武汉游第三站：古琴台

陈老师

乐小诗，你知道武汉为什么叫武汉吗？

这……我不知道。

乐小诗

陈老师

其实很简单，武汉由三部分组成：武昌、汉口、汉阳。

我懂了，把三部分的第一个字组合起来就是武汉。

乐小诗

陈老师

武汉还被称为"百湖之市"，据统计，市内有大小湖泊一百六十六个，排在全国第一位。不过，最能体现武汉战略价值的别称是"九省通衢"。

这是什么意思呀？

乐小诗

陈老师

在古代，从武汉沿长江水道行进，可西上巴蜀，东下吴越，向北溯汉水而至豫陕，经洞庭湖南达湘桂，故有"九省通衢"的美誉。武汉以其全国性水陆交通枢纽的地位，历来成为兵家必争的要地。

我怎么听说，武汉还有神奇的乌龟和大蛇呢？

乐小诗

陈老师

　　哈哈，那不是真的乌龟和蛇，而是两座山——龟山与蛇山。关于这两座山还有一个神奇的传说呢。相传大禹继承父亲的遗志，治理洪水，三过家门而不入，率领百姓挑土筑坝，疏江导河，劳动号子声动云霄，惊动了玉皇大帝。玉帝深为感动，派龟、蛇二将下凡帮助大禹治水。大禹非常高兴，便叫蛇神做开路先锋，蛇神用尾画地，开辟了江河，导水泄洪；龟神驮着神土息壤紧跟在蛇神的后面，让大禹及时将神土撒下，筑堤坝，造陆地，堵决口。当来到汉水口时，龟神和蛇神都累得精疲力竭，再也走不动了，蛇神躺在武昌，龟神就趴在汉阳，龟蛇隔江相望，化成龟蛇二山，护佑这两岸百姓不受水害。接下来，让我们一同前往龟山脚下的月湖之滨，听听大文豪王安石为我们讲故事吧。

伯 牙

［宋］王安石

千载朱弦无此悲，欲弹孤绝鬼神疑。

故人舍我归黄壤，流水高山心自知。

诗歌简译

千年流传的朱弦没有这种悲哀，想弹孤绝之曲连鬼神都凝住了。故人舍我而去归于黄土，你我之间高山流水的情谊，如今只有我自己心里清楚啊。

诗人有感于"伯牙摔琴谢知音"的故事而作此诗，表达了知音难觅的主题思想。

【诗人讲故事】——王安石

在湖北省武汉市汉阳区龟山西脚下的月湖之滨，东对龟山、北临月湖，有一座被称为"天下知音第一台"的古迹，它就是武汉三大名胜之一的古琴台。在古琴台上，曾经发生过一段朋友间的动人故事，流传千古，至今仍令人感慨万千。故事的主人翁就是我诗歌里写到的伯牙与钟子期。

相传春秋战国时期，楚国有位大臣叫伯牙，他琴艺极高，天下无双。有一次，伯牙受楚王外派公干，乘船沿江而下，途经汉阳江面，突遇狂风暴雨，便把船停在了龟山脚下。不一会儿，雨过天晴，湖光山色令人心旷神怡，伯牙便欣然抚琴咏志。弹奏了一会儿，琴弦意外地断了一根。按照古人的说法，这代表有人在偷听。伯牙朗声请那人出来，来的正是樵夫钟子期。看着钟子期的装束，伯牙有些诧异：这山野中的樵夫也能听懂我高妙的琴声吗？于是他决定现场考考钟子期。

伯牙调好琴，沉思片刻，即兴抚琴一首，志在高山。钟子期赞道："美哉！巍巍乎志在高山。"伯牙又抚琴一首，意在流水。钟子期又赞道："美哉！荡荡乎意在流水。"伯牙这才相信自己遇到了人生中难觅的知音，激动不已，与钟子期结为挚友。然而王命在身，不能久留，伯牙便和钟子期约定来年再会。

到了第二年约定之时，伯牙早早地携琴前往目的地，兴奋地等待钟子期的到来。可是等了整整一夜，也没能等到钟子期。难道发生了什么变故？伯牙不愿放弃，便到四处的村落里寻访钟子期。不幸的是，他得到了一个令人悲痛的消息——钟子期已经病故了。伯牙寻到钟子期的墓前，再一次弹奏起《高山流水》。曲终后，伯牙悲痛万分，顿感天涯无处觅知音，便毅然扯断琴弦，摔碎琴身，立誓从今以后永不弹琴。

伯牙与钟子期的友谊被后人称为知音之交，成为千百年来最真挚友谊的写照。相信每一个小朋友都希望自己能遇到人生中的那位知音，因为那种精神的契合，心灵的通达，会带给你最幸福的感动。其实，我王安石虽然贵为宰相，主持了著名的"王安石变法"，但现实中我的内心是孤独的。曲高和寡，我也期待能遇到更多理解我、支持我的知音啊。

所以，让我们一同登上古琴台，愿我们都能寻觅到知音！

【游览小结】

1.李白在黄鹤楼上听吹笛时想起了谁？（ ）

　A.屈原　B.贾谊　C.杜甫

2.武汉江边两座著名的山叫什么？（ ）

　A.龟山和猴山　B.狮山和蛇山　C.龟山和蛇山

3.伯牙与钟子期之间的友谊被称为什么？（ ）

　A.管鲍之交　B.羊左之交　C.知音之交

【陈老师精选诗人小故事】

赐金放还

天宝元年（742），李白奉诏进京，供奉翰林，以为从此可以仕途通达，实现自己的政治理想，却因为恃才傲物，不拘小节，得罪了当时的权贵。

李白在翰林院工作的时候，常常醉得东倒西歪。有一天，李白又喝得酩酊大醉，被唐玄宗召去写诗。太监们见他醉得厉害，就拿了一盆凉水，浇在他脸上，李白这才渐渐清醒过来。

李白席地而坐，准备在面前的几案上写诗，忽然觉得脚上穿着靴子很不舒服。他看见身边有个宦官，就伸长了腿朝那宦官说："来，帮我把鞋子脱了。"

谁知那个宦官竟是唐玄宗的亲信高力士。高力士权力很大，四方的奏事都要经过他的手，文武百官没有一个不巴结他，他还从来没有受过这样的侮辱。从此以后，高力士对李白怀恨在心。

天宝二年（743）春，一天，唐玄宗和杨贵妃在兴庆宫沉香亭观赏牡丹，让乐师李龟年率梨园弟子在一旁演奏助兴。伶人们正准备表演，唐玄宗却说："赏名花，对妃子，怎么能用旧词呢？"于是急召李白进宫写新乐章。

李白来到沉香亭，稍作思考，便挥笔洋洋洒洒作下三首《清平调》。唐玄宗反复吟了好几遍，觉得文词秀丽，确是好诗，马上叫乐工演唱起来。

第二天，高力士陪伴杨贵妃在御花园里赏景，杨贵妃高兴地吟起李白的《清平调》。高力士故作惊讶地说："娘娘，您怎么还在吟这首诗啊，李白在诗里讽刺了您呢！"杨贵妃奇怪地问是怎么回事。高力士答道："汉朝宫廷里的赵飞燕，出身歌女，后来虽然立为皇后，但作风不正，最后还是被贬为庶人。李白将赵飞燕跟您相比，不是把您看得太下贱了吗？"杨贵妃听信了高力士的话，对李白心生不满，开始在唐玄宗面前讲李白的坏话。

因为权贵的排挤，宫人的谗毁，唐玄宗也渐渐疏远了李白。最终在天宝三年（744），李白被赐金放还。

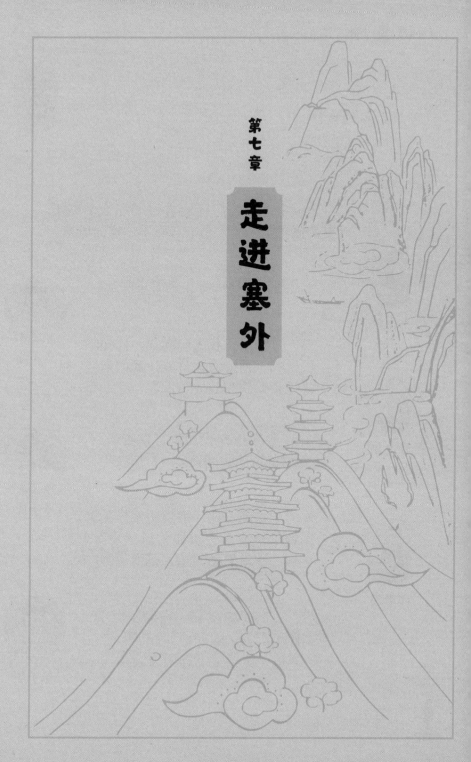

第七章

走进塞外

导语

乐小诗，我们已经去过了那么多座历史文化名城，今天要去看看不一样的风景。

陈老师

哇，好期待呀！是哪里呢？

乐小诗

别急，我先问问你，你知道哪一种诗歌题材能让我们走进金戈铁马的战争世界？

陈老师

我知道，我知道，这种题材的诗叫边塞诗。

乐小诗

是的，那一道道边塞雄关见证了历史上一段段传奇的岁月。你心中最熟悉的边关是哪道呢？

陈老师

"劝君更进一杯酒，西出阳关无故人。"我最熟悉的是王维笔下的阳关。

乐小诗

音，所以从古以来人们就有离别时折一枝柳条相送的习俗。

唐朝时，人们常在长安城灞桥之畔送别亲朋好友，依依惜别。送行的人折下一枝柳条，送给即将远行的人，用这根柳枝来寄托彼此的相思。

3.不一样的反转

我这首诗最打动人的是最后两句"羌笛何须怨杨柳，春风不度玉门关"。驻守边疆的士兵很苦，除了战争的残酷、环境的恶劣，最大的苦就是内心的孤独。他们思念亲人，渴望回家，营地之中，响起羌笛吹奏的《折杨柳》乐曲。诗人李益说"不知何处吹芦管，一夜征人尽望乡"，李白说"此夜曲中闻折柳，何人不起故园情"，他们都述说了将士们因笛声引发的浓烈的思乡之情。而我却说，别吹奏了，奏了也是白奏，因为玉门关苦寒偏远，连春风都吹不到这里，瞬间将将士们的苦刻画到了顶点。这玉门关堪称"郁闷关"呀！

最后，我猜有小朋友会质疑这首诗的题目：明明是首诗，为什么却叫凉州"词"？其实呀，这首诗还真的可以变成一首词，不信，我讲个故事给你听。

明朝时，有个神童叫解缙，才能卓越，才十多岁就考中了进士，永乐年间官至翰林学士。有一次，永乐帝得到一把外国进贡来的名贵折扇，上面有画无

诗，就交给解缙，让他在上面题诗。解缙一看扇面上
有大漠的景象，就不由自主地想起《凉州词》来。由
于非常熟悉这首诗，解缙在书写时便有些漫不经心，
不承想闯下了大祸。原来，他竟然把"黄河远上白云
间"的"间"字给写掉了。

虽然解缙和皇帝都未发觉，和解缙有仇的汉王朱
高煦却一眼就发现了这个天大的纰漏。汉王立刻添油
加醋，向皇帝打小报告，说解缙自恃有才，故意漏字
戏弄君主，犯了欺君大罪。皇帝一看扇面，果真如此，
立刻勃然大怒，把扇子扔在地上，召解缙上殿领罪。

解缙拾起扇子一看，冷汗直流，知道自己稍不留
神就将死无葬身之地。该怎么办呢？解缙大脑飞速运
转。大才子不愧是脑力非凡，很快便想到了一个绝妙
的说辞。解缙深吸一口气，然后解释道："陛下，您
以为我写的是唐诗《凉州词》吗？不，这是我现作的
一首词。"皇帝一头雾水地问："这是一首词？"解缙
不慌不忙地说："不信，我读给您听：黄河远上，白
云一片，孤城万仞山。羌笛何须怨，杨柳春风，不度
玉门关。"皇帝一听，一琢磨，转怒为喜，不仅没有
惩罚，还赏赐了解缙。

怎么样？这首《凉州"词"》，你喜欢吗？

塞外游第二站：雁门关

大家好，我是塞外游第二站的文化导游——李贺。我来给大家讲讲古代中国另一道边防要隘雁门关的传奇。

说起雁门关，最著名的诗歌就是我的《雁门太守行》。

雁门太守行

〔唐〕李贺

黑云压城城欲摧，甲光向日金鳞开。

角声满天秋色里，塞上燕脂凝夜紫。

半卷红旗临易水，霜重鼓寒声不起。

报君黄金台上意，提携玉龙为君死。

诗歌简译

敌兵滚滚而来，犹如黑云翻卷，城墙仿佛将要坍塌；我军严阵以待，阳光照耀铠甲，一片金光闪烁。秋色里，响亮军号震天动地；黑夜间，战士鲜血凝成暗紫。红旗半卷，援军赶赴易水；夜寒霜重，鼓声郁闷低沉。只为报答君王恩遇，手携宝剑，视死如归。

此诗用浓艳斑驳的色彩描绘悲壮惨烈的战斗场面，奇异的画面准确地表现了特定时间、特定地点的边塞风光和瞬息万变的战争风云。全诗意境苍凉，格调悲壮，具有强烈的震撼力和艺术魅力。

【诗人讲故事】——李贺

先告诉大家一个有趣的事儿，后人为我这首诗编了个小故事，把它称为"吓人诗"，而被吓到的正是我尊敬的韩愈老师。故事里说韩愈老师是当时的文坛泰斗，常常有年轻人带着自己的诗去拜谒他。那一天中午，工作了整整一个上午的韩愈老师很累了，准备睡个午觉。他刚躺下，不巧，我就来了。韩老师一边打着哈欠，一边翻阅我的诗歌，第一首就是《雁门太守行》。第一句"黑云压城城欲摧"，吓得他噌的一下就坐了起来，冷汗直流。再读一句"甲光向日金鳞开"，不觉精神振作，已经完全没有了睡意。

小朋友们一定会问我，这首诗怎么会如此可怕？因为我这首诗描写的是雁门关外平定藩镇叛乱的战争。

教给大家一个小知识，我在前两句诗中使用了"情景交融"的写法。"黑云压城城欲摧"既写出了雁门关外景色的可怕，也渲染了大战即将来临时的紧张氛围。不过，虽然敌人人多势众，异常凶猛，但保家卫国的将士们依然士气高昂。不信，你看"甲光向日金鳞开"，阳光穿透了黑云，为将士们的铠甲涂上

了一层胜利的金光。

这场战斗有多激烈呢？旷野上，号角声处处响起，厮杀声连绵不绝，从清晨战斗至黑夜，鲜血染红了整片大地，在夜色中凝结成令人触目惊心的紫色。不仅敌人可怕，环境也异常艰苦，夜寒霜重，连战鼓都无法擂响。但是，面对重重困难，大唐将士们毫不气馁，发出了无畏的誓言"报君黄金台上意，提携玉龙为君死"。为国家，为天子，甘愿抛头颅，洒热血，视死如归。

再告诉大家一个小秘密，我被称为"诗鬼"。当然不是因为我长得像鬼，这个"鬼"字是指想象丰富、脑洞大开，即"鬼才"的意思。你们有没有发现，我这首诗有一个很鲜明的特征，那就是运用了极其丰富的色彩：黑云、金鳞、燕脂、夜紫、红旗……一般来说，写悲壮惨烈的战斗场面是不宜使用浓艳色的，可我不仅用，还大量用，把整个战场描绘成一幅色彩斑斓的奇异画面，给人留下难忘的印象。现在，你明白"诗鬼"的真正内涵了吧。

哇，我懂了，又到了我的写诗环节：李贺真厉害，写诗想象外。雁门关雄伟，热血守边塞。

乐小诗

塞外游第三站：大漠

　　边关外是绵延无边的茫茫大漠，要想欣赏这里的奇丽风景，可就要请我这位重量级的导游——王维出场啦。

　　一次出使塞外的经历，让我见到了终生难忘的大漠风景。你想知道吗？它呀，就藏在我的这首诗歌之中。

使至塞上

［唐］王维

单车欲问边，属国过居延。

征蓬出汉塞，归雁入胡天。

大漠孤烟直，长河落日圆。

萧关逢候骑，都护在燕然。

诗歌简译

　　乘着单车将要去慰问边关，路经的属国已过了居延。千里飞蓬也飘出汉塞，北归大雁正翱翔云天。浩瀚沙漠中孤烟直上，无尽黄河上落日浑圆。到萧关遇到侦察的骑兵，告诉我统帅正在燕然前线。

　　这首诗是王维奉命赴边疆慰问将士途中创作的记行诗，记述出使塞上的旅程以及旅程中所见的塞外风光，表达了诗人由于被排挤而产生的孤独、寂寞、悲伤之情以及在大漠的雄浑景色中情感得到熏陶、净化、升华后产生的慷慨悲壮之情，显露出一种豁达情怀。

【诗人讲故事】——王维

开元二十五年（737）春，右散骑常侍知河西节度事崔希逸战胜吐蕃，玄宗皇帝命我以监察御史的身份出使塞外，察访军情。然而作为皇帝的使者，我却一点儿都不开心。因为，实际上我是被排挤出了朝廷。

乘坐着一辆轻便的小车，我踏上了漫长的征途。刚离开时，我的心情还很低落，感觉自己像蓬草离开了故土，像大雁飞入了异乡。直到我真的踏入了茫茫塞外，见到了浩瀚的沙漠。那一刻，我的心被眼前的那一幕景象深深地震撼了！

"大漠孤烟直，长河落日圆。"这几乎是我一生中最知名的诗句，引来了后人无数的赞叹。其实，这句诗所呈现出的景象，如果没有身临其境，是很难体会和想象的。比如，有人就对"孤烟直"提出了疑问。烟怎么会"孤"？烟又怎么"直"？

我们先来说说"孤"字。大漠浩瀚无边，黄沙遍野，千里同色，没有什么别的奇景异观，所以当烽火台燃起的浓烟冲天而起时，就会显得格外醒目，格外孤单。

"直"字的争议更大。因为生活中我们所见到的景象是烟被风一吹就会飘散，"烟直"显然不太符合常理。宋朝的陆佃在《埤雅》这本书中有一段这样的解释："古之烽火用狼粪，取其烟直而聚，虽风吹之不斜。"他认为"烟直"的背后，真正的功臣是狼粪，所以我们也把这种烟称为"狼烟"。

　　还有人说，我看到的"孤烟"实际上是大漠中常见的一种天气现象——龙卷风。龙卷风裹着黄沙尘土，像一根烟柱一样直冲云霄，形成壮观的景象。

其实真正的原因到底是什么，我并不是非常清楚。但这奇特壮丽的景象，真真切切地出现在了我的眼前，让我一辈子无法忘怀。

"萧关逢候骑，都护在燕然。"漫长的行程终于接近完成，虽然还没有见到我军的主帅，但遇到了侦察骑兵。我赶紧向他们打探消息，侦察兵告诉我，主帅正在战场前线。

"燕然"指的是燕然山（位于今天的蒙古国内）。战场真的是在燕然山吗？真的应该去那里寻找我军主帅吗？

当然不是，这句诗其实使用了汉朝大将军窦宪平定北匈奴的典故。说起汉朝的传奇将军，我们就会不由自主地想起卫青、霍去病。他们在对匈奴的战斗中，战功显赫，万里封侯。其实，还有一位将军同样功劳巨大，他就是窦宪。东汉时窦宪将军出兵征讨，一举平定了北匈奴绝患。当时随军的著名史学家班固亲自为窦宪将军刻碑勒功。从此以后，燕然山就成为胜利的象征，"燕然勒功"也成为建立功勋的代名词。

所以，主帅崔希逸将军并不在燕然山，而是在现实中刚刚获胜的战场前线。

【游览小结】

这别样的边塞风光，你都记住了吗？

乐小诗

1.与玉门关齐名的是哪道关隘?（　　）
　　A.阳关　B.嘉峪关　C.山海关

2.李贺的"吓人诗"吓到了谁?（　　）
　　A.白居易　B.韩愈　C.柳宗元

3."燕然勒功"讲的是哪位将军的故事?（　　）
　　A.卫青　B.霍去病　C.窦宪

【陈老师精选诗人小故事】

巧妙的添字对

解缙家的对门住着一个良田千顷、家财万贯的缙绅赵员外。

有一年腊月三十，赵员外府上张灯结彩，杀鸡宰鹅，准备欢度春节。解缙家却是家徒四壁，铁锅冷灶。解缙心想，过年了，也该贴副春联庆贺一番。他望了一眼对门赵员外家那片青翠葱茏的竹园，取出笔墨纸砚，提笔写了一副春联：

门对千棵竹

家藏万卷书

大年初一，赵员外出门看见这副春联，大为恼火，凭什么让穷人家沾自己竹林的光。他叫来奴仆，下令把满园翠竹砍得精光。解缙看到这个情景，就在春联的末尾各加上一个字，变成：

门对千棵竹短

家藏万卷书长

126

　　赵员外一见，怒气冲天，下令把竹子统统连根拔掉。解缙一见，又在春联的末尾各添加了一个字，变成：

　　　　门对千棵竹短无
　　　　家藏万卷书长有

　　赵员外见了气得说不出话来，把自己的胡须都揪下了一大把。

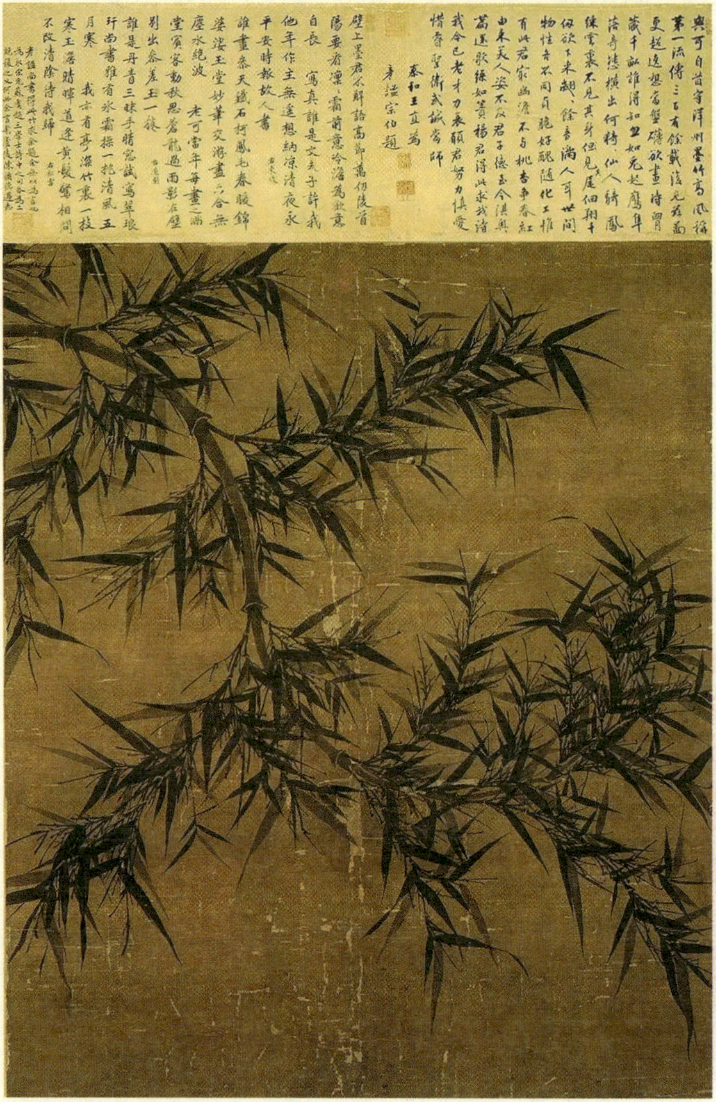

[北宋] 文同 《墨竹图》

第八章

走进洛阳

导语

陈老师

乐小诗，还记得被称为十三朝古都的是哪座城市吗？

我知道，是长安。

乐小诗

陈老师

不错，其实中国还有一座十三朝古都，与长安齐名，它就是——洛阳。

我知道洛阳，我在《千字文》中学过呢。

乐小诗

陈老师

那好，你给我们讲讲关于洛阳的知识吧。

"都邑华夏，东西二京。背邙面洛，浮渭据泾。"我知道洛阳被称作东京，面朝洛水，背靠邙山。还有，洛水之中有一位美丽的女神，叫洛神。

乐小诗

陈老师

真不错，值得表扬。接下来，我帮你补充补充。洛阳，是一座历史悠久的文化名城。商朝时叫作西亳，周朝时叫作洛邑，东汉以后被称为洛京，但它最霸气的一个名字还是女皇武则天时期的名称——神都。

接下来，该开启我们学古诗，游洛阳的行程啦。

时光机，请努力，带我们回到过去……

洛阳游第一站：皇城端门

小朋友们好，我是带你们游览洛阳第一站的文化导游苏味道。

虽然我是个唐朝诗人，但我最出名的时候却是宋朝。为什么呢？因为，在宋朝时，我的后人中出了个超级名人——苏轼呀。

你要问我：古时候洛阳城什么时候最美？我会回答你是元宵节。元宵节这一天，整个洛阳城灯光辉煌，成了欢乐的海洋。要想在元宵节欣赏美丽的洛阳城，最好的地点就是皇城端门。来，在我的诗里看看，映入我眼中的是怎样的美景。

正月十五夜

[唐] 苏味道

火树银花合，星桥铁锁开。

暗尘随马去，明月逐人来。

游伎皆秾李，行歌尽落梅。

金吾不禁夜，玉漏莫相催。

诗歌简译

正月十五之夜，到处灯火灿烂。城门的铁锁打开了，红光辉映石桥。人潮汹涌，马蹄踏过处，尘土飞扬。月光洒遍每个角落，人们在何处都能看到明月当头。歌女们花枝招展，边走边唱《梅花落》。禁卫军特许通宵欢庆，计时的玉漏你也不要紧催天亮，莫让这一年一度的元宵之夜匆匆过去。

这首诗描写了神都洛阳城元宵夜"端门灯火"的盛况和洛阳市民元宵之夜的欢乐景象。

【诗人讲故事】——苏味道

洛阳城皇城端门的布灯习俗可以追溯到隋炀帝时期，至唐代已盛极一时。在我的这首诗中，记录的就是一个热闹无比的元宵节夜晚。

那是神龙元年（705）的元宵佳节，女皇武则天登上洛阳城楼，与百姓同乐。洛阳城张灯结彩，璀璨辉煌，观灯的百姓人山人海，热闹非凡。女皇特别高兴，便命身边的文臣、诗人们各自写诗，记录下这热闹的盛况。

　　几百人同写《正月十五夜》，最终只有我的作品流传到了今天，最大的原因是我写出了元宵节的千古第一名句——"火树银花合，星桥铁锁开。"这句话写得有多好呢？几百年后的大词人辛弃疾都忍不住模仿此句，写下了"东风夜放花千树，更吹落，星如雨"。说实话，我并没有夸张，我所看到的洛阳城元宵夜真的是如此夺目，如此壮丽。

　　另外，元宵节对于唐朝百姓而言，还有一个特别重要的吸引力，那就是"星桥铁锁开"。宵禁解除了，天津桥、星津桥、黄道桥上的铁锁都打开了，百

姓终于可以在夜晚出来自由地活动游玩。一年整整三百六十五天，只有元宵节及其前后各一日，共三天可以在晚上出来游玩，你说百姓激不激动？

更重要的是，元宵节好玩呀！赏花灯，吃元宵，还能猜灯谜。所以这注定是个人山人海、热闹精彩的不眠之夜。

小朋友们，想不想体验一下唐朝时元宵节的快乐？来，我带大家去看看洛阳城那条著名的花灯街，猜一个最有趣的灯谜。

看，前方那个灯棚前聚集了好多人。原来，这里在进行有奖猜谜。奖励很丰厚，足足有十两银子。不过，这个谜语好奇怪，没有谜面。大家都好奇地等待着。看到围观的人已经很多了，老板走出来宣布："我的谜语是一段表演，你们仔细观看，然后猜一句古代名言。"

表演开始了，老板的前面挂着一盏纸灯笼，他伸出手，"唰唰唰"，把灯笼上三面的纸都撕掉，然后转身向前走去。众人还在聚精会神地关注，老板却突然宣布："表演结束，开始猜谜吧。"

怎么样？你能猜到老板表演的是哪句名言吗？答案呀，我们在这一章的结尾公布。

洛阳游第二站：金谷园

大家好，欢迎来到洛阳，我是带你们游览的第二位文化导游李益。

我要给大家介绍一个超级有名的地方——金谷园。在古时候，金谷园几乎就是豪华奢侈的代名词。读读我的诗，我来慢慢告诉大家。

上洛桥

［唐］李益

金谷园中柳，春来似舞腰。

何堪好风景，独上洛阳桥。

诗歌简译

春风吹拂着金谷园中的柳树，柳条摆动好似少女舞动着腰肢。可惜美好的风景里失去了繁华的气息，我失落地独自登上洛阳桥。

这首诗抒发了好景不长、繁华消歇的历史盛衰之感慨。

【诗人讲故事】——李益

站在洛阳桥上，向北边眺望，那片规模庞大的故址，就是金谷园。那里曾经是西晋时期超级富豪石崇的故居。石崇简直是富可敌国，他修建的金谷园，繁荣华丽，极一时之盛。他还有个著名的故事，就是与

135

晋武帝司马炎的舅舅王恺斗富。

石崇到了洛阳，听说王恺是城里最出名的富豪，便有心跟他比一比。他听说王恺家里洗锅用糖水，就命令自家厨房用蜡烛当柴火烧。这件事儿一传开，大家都说石崇家比王恺家阔气。

王恺不服气了，就在家门前的大路两旁，夹道四十里，用精美的紫丝布做成屏障。谁要上王恺家，都要经过这四十里紫丝布屏障。如此奢华，把洛阳城都轰动了。石崇听说了，就命人用比紫丝布还贵重的锦缎，铺设了五十里屏障，比王恺的屏障更长，更豪华。

王恺想出了新招，用赤石脂来抹墙，把家里的房屋弄得富丽堂皇。石崇不认输，就用椒泥涂墙，把家里的房屋弄得芳香扑鼻，又胜过了王恺。

晋武帝看到舅舅王恺跟石崇斗富，非但不制止他们的奢侈行为，还觉得这样的比赛挺有趣。他想帮舅舅赢过石崇，就把宫里收藏的一株两尺多高的珊瑚树赐给王恺，好让王恺在众人面前好好夸耀一番。

有了皇帝帮忙，王恺比富的劲头更大了。他特地举行了一场盛大的宴会，把石崇和一大批官员都邀请来了。宴席上，王恺得意地对大家说："我家有一株罕见的珊瑚，请大家观赏一番。"

大家当然都想看一看，王恺命令侍女把珊瑚树捧了出来。那株珊瑚有两尺高，长得枝条匀称，繁茂纷披。大家看了后都赞不绝口，纷纷说这真是一件罕见的宝贝。只有石崇在一边冷笑，他看到案头正好有一支铁如意，便顺手抓起，朝着大珊瑚树正中一砸。一声脆响，珊瑚树被砸得粉碎。

周围的官员们都大惊失色。主人王恺更是满脸通红，气急败坏地责问石崇："你这是干什么?!"石崇嬉皮笑脸地说："您用不着生气，我还您一株就是了。"王恺又是痛心，又是生气，连声说："好，好，我看你拿什么来还我!"石崇叫随从回家去，把他家的珊瑚树通通搬来让王恺挑选。

不一会儿，随从搬来了几十株珊瑚树。这些珊瑚中，三四尺高的就有六七株，足足比王恺的高出一倍，株株条干挺秀，光彩夺目。至于像王恺家那样的珊瑚，那就更多了，数不过来。周围的人都看呆了，王恺也露出失意的样子。

石崇、王恺二人的荒唐斗富，只是西晋统治阶级贪恋奢靡、荒淫、腐朽的一个缩影。正因如此，西晋只维持了短短二十多年的安定局面，便爆发了八王之乱，逐渐走向灭亡。

洛阳游第三站：上林苑

　　小朋友们，大家好，我是中唐诗人徐凝。接下来，我要带大家观赏著名的洛阳牡丹。先考考大家：唐朝人为什么喜欢牡丹花？

　　仔细观察牡丹花，你会发现它花朵硕大，形态丰盈，雍容华贵。这样的形态象征富贵吉祥、繁荣幸福，恰如其分地代表了唐朝的时代精神和唐王朝在当时的至尊地位。这和唐朝人以胖为美的审美偏好有异曲同工之妙。

　　洛阳牡丹到底有多美呢？读了我的诗歌《牡丹》你就会明白了。

牡　丹

［唐］徐凝

何人不爱牡丹花，占断城中好物华。

疑是洛川神女作，千娇万态破朝霞。

诗歌简译

　　有谁不喜欢牡丹花呢？盛开时独占了城中的美景。莫不是洛水女神在那里翩翩起舞吧，千娇万态胜过了灿烂的朝霞。

　　这首诗用洛水女神来比喻牡丹，既赞美了牡丹的仙气神韵，又表现了诗人对牡丹的喜爱之情。

【诗人讲故事】——徐凝

　　每年牡丹开花的时候，洛阳城人人争相观赏。而洛阳城中，牡丹品种最丰富、花色最动人的地方就要数上林苑了，那里可是著名的皇家园林。如果能得到女皇武则天的恩准，进入上林苑，你将会看到"春还上林苑，花满洛阳城"的无边盛景。

　　洛阳牡丹有非常多的品种，其中有一种特别惊艳，叫作"焦骨牡丹"。它枝干焦黑，花朵却娇艳夺目。说起焦骨牡丹的来历，还有一个传说故事呢。

　　相传武周朝的一个冬天，女皇武则天到后苑游玩，只见天寒地冻，百花凋谢，万物萧条，心里十分失望。她心想：如果一夜之间能百花齐放，那该多好。以我堂堂女皇的威严，想那百花也不敢违抗旨意。想到这，她面对百花下诏令道："明朝游上苑，火速报春知。花须连夜发，莫待晓风吹。"

　　武则天诏令一出，百花仙子们纷纷惊慌失措，聚集一堂商量对策。有的抱怨说："这寒冬腊月的，气候时节不对，要我们开花，如何做得到呀？"有的担忧地说："武后的圣旨怎能违背呢？不然，下场一定很惨。"一时间，众位花仙默然不语了，因为她们都目睹过女皇武则天那种"顺我者昌，逆我者亡"的霸气风范。

第二天，一场大雪纷纷扬扬从天而降，尽管天寒地冻，但众花仙们还是不敢违命。只见后苑中，五颜六色的花朵真的顶风冒雪，绽开了花蕊。武则天目睹此情此景，高兴极了。突然，一片荒凉的花圃映入眼帘，武则天的脸一下子沉了下来："这是什么花？怎敢违抗圣旨？"大家一看，原来是牡丹花。武则天闻听大怒："立即把这些牡丹逐出京城，贬到洛阳去！"

谁知，这些牡丹一到洛阳，随便埋入土中马上就长出绿叶，开出的花朵娇艳无比、国色天香。武则天闻讯，气急败坏，派人即刻赶赴洛阳，要一把火将牡丹花全部烧死。无情的大火映红了天空，一株株牡丹在大火中痛苦地挣扎。然而，人们却惊奇地发现，牡丹的枝干虽然已经焦黑，但那盛开的花朵却更加夺目。牡丹花由此获得了"焦骨牡丹"的称号。从此以后，牡丹就在洛阳生根开花，名扬天下。

直到今天，人们依然在赞美牡丹不畏强权，勇于抗争的精神风范。

【游览小结】

乐小诗：啊，此情此景，我想吟诗一首：洛阳元宵真热闹，火树银花不眠夜。唯有牡丹真骨气，宁死不遂女皇意。小朋友们，关于洛阳城的故事，你记住了吗？

乐小诗

1. 唐朝时，一年有几天取消宵禁？（　　）

　A.1　B.2　C.3

2. 《石崇王恺斗富》这个故事中，被石崇砸毁的是什么？（　　）

　A.美玉　B.珊瑚　C.彩瓶

3. 在传说故事中，焦骨牡丹是因与哪一位皇帝抗争而得名？（　　）

　A.武则天　B.李世民　C.李隆基

【陈老师精选诗人小故事】

模棱两可

苏味道是唐朝的政治家、思想家、文学家。他自幼聪颖，以文才出名。

苏味道二十岁就考中了进士，之后一生都在官场为官。他仕途顺利，官运亨通，没用多少年就坐上了宰相的位置，一坐就是好多年。但是，他在位期间并没有做出什么突出的政绩，原因是他为人处世十分圆滑，总是小心翼翼，害怕得罪人。每当有人询问他的意见时，他总是态度摇摆不定，回答得含含糊糊，不置可否。

苏味道常对别人说："处理事情时，不要决断得太清楚明白，否则一旦有什么差错，就会被人追究和指责。只要凡事做到模棱两可，态度含混，就不会被人抓住把柄了。"

对于苏味道的这一套，当时很多人都不满意。人们就根据他这种为人处世的特点，给他取了一个绰号"苏模棱"来讽刺他。

尽管苏味道处处小心翼翼，想要明哲保身，最终还是坐事被贬官，客死他乡。

"模棱两可"这个成语诞生于此，形容对事情不置可否，这样也行，那样也行，没有明确的态度或意见。

灯谜答案：三思而后行

第九章

走进扬州

陈老师

乐小诗，你还记得"扬一益二"吗？

记得呀，那是唐朝时中国最繁华的两座城市：扬州和益州。

乐小诗

陈老师

记性不错，前面我们去过排在第二位的益州，今天咱们就要去排在第一位的扬州啦。

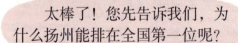

太棒了！您先告诉我们，为什么扬州能排在全国第一位呢？

乐小诗

陈老师

因为，扬州的地理位置十分优越，它处在长江和京杭大运河的交汇处，天南地北的人们都能会聚于此，交通便利，贸易发达。还有一个很重要的原因，"扬一益二"这个说法，其实是安史之乱以后提出的。安史之乱严重破坏了北方的经济和生产，导致大量人口南迁，给扬州带来了充足的劳动力和先进的技术，使扬州成为全国最繁华的工商业城市，经济地位超过了长安和洛阳。扬州在人们心目中到底有多繁华呢？我们先来听一个小故事——骑鹤下扬州。

《殷芸小说》中记载：有几个出行在外的旅人聚集在一起，彼此诉说心中的志向。

有人说："我想当扬州刺史，看尽人间繁华。"有人说："我想拥有更多钱财。"有人说："我想骑鹤飞升，成为仙人。"轮到最后一个人，只见他略一思考后说道："我的愿望是，腰缠十万贯，骑鹤下扬州。"其他人听他这么说，纷纷谴责他太贪心啦！

为什么说他贪心呢？

乐小诗

陈老师

你看，"十万贯"不就是拥有更多钱财，"骑鹤"不就是做神仙，而"下扬州"不就是享尽人间繁华吗？他把其他人的愿望给打包占有了。你瞧，古人连开玩笑都把扬州作为繁华的代表。

明白了，好想赶紧去扬州。

乐小诗

陈老师

别急，去之前我还要告诉你，扬州有天下最美的月色，所以扬州也被称为月亮城。接下来，我们就去扬州赏月吧。

时光机，请努力，带我们回到过去……

扬州游第一站：二十四桥

说到人间美景，都有我的身影，我就是旅行诗人——杜牧。

我来带大家赏扬州的月亮，先读读我的这首诗。

寄扬州韩绰判官

［唐］杜牧

青山隐隐水迢迢，秋尽江南草未凋。

二十四桥明月夜，玉人何处教吹箫。

诗歌简译

青山若隐若现，绿水千里迢迢。秋时已尽，江南草木尚未凋落。二十四桥的夜晚，月色明亮依旧。而我的朋友，又在何处教人吹奏玉箫？

这首诗着意刻画深秋的扬州依然绿水青山、草木葱茏，二十四桥月夜仍然乐声悠扬，调侃友人生活的闲逸，表达了诗人对过往扬州生活的深情怀念。

【诗人讲故事】——杜牧

扬州是我特别喜爱的一座城市。我在那里生活过几年时光，离开时，心里真的有些舍不得。于是，我写诗寄给好友韩绰，表达我心里的思念和羡慕。

扬州太美，青山绿水，哪怕深秋到来，依然草木葱茏，令人陶醉。

扬州最美的当属月色。在哪里赏月最佳呢？我的答案是——二十四桥。这桥的名字有些怪异，总有人问我，它为啥叫"二十四桥"呀？有人说，是因为扬州城内水道纵横，所以修了很多桥，据统计一共有二十四座，所以有二十四桥之说。

但我诗中的二十四桥并不是这个含义，这桥名来源于一个美丽的故事。在我来扬州前，这座二十四桥叫作吴家砖桥，周围山清水秀，风光旖旎，所以成为文人墨客、乐师歌女欢聚的地方。

那一天晚上，月色无比的迷人，我刚到扬州不久，并不是很熟悉环境。有人向我介绍，这吴家砖桥是一处游览胜地，值得一观，于是我欣然前往。来到桥边一看，果然人气很旺，景色美妙，不虚此行。正在我尽情赏月，悠然自得时，人群中传来了一阵阵的喊声，好像是有什么人物来了。我随着喊声定睛一看：原来，扬州城著名的二十四位歌女竟然组团同时出现了。她们款款而来，身姿绰约，仪态万千，美不胜收。片刻后，悠扬的乐曲在桥上响起，给月色增添了一番浪漫的气息。

围观的人群兴致很高，都觉得今晚耳朵很享受，

眼睛也很享受。我也特别高兴，没想到运气这么好，能巧遇这样一番难得景象。当优美的曲声结束之时，一位歌女突然走到我面前，优雅地施礼道："这位便是大名鼎鼎的杜牧先生吧，我非常崇拜您，您能为我们写首诗吗？"说着，她拿出一枝素花，献给了我。

我当时真有点儿小小的尴尬，本想静静地赏赏月，没想到被人认出来了，一下子变成了全场的焦点。回过神后，我又有点儿小小的激动，毕竟在这么美的月色下，有这样一番美好的经历，也是令人快乐的。我欣然地答应了这位歌女的请求，用诗歌记录下了这美好的夜晚："二十四桥明月夜，玉人何处教吹箫。"

没想到，因为这件事情的发生，这吴家砖桥便拥有了一个新的名字——二十四桥。

那么在扬州历史上，有没有别的桥可以挑战二十四桥的地位呢？我想恐怕就是五亭桥了。

五亭桥是瘦西湖上最令人津津乐道的赏月佳地。五亭桥上置五亭，下正侧共有十五个桥洞，这十五个桥洞，洞洞相连，洞洞相通。据说，八月十五月圆之夜，划船到五亭桥下，在十五个桥洞里都可见到一轮熠熠生辉的圆月。更神奇的是，站在五亭桥不远处的小金山上，可以同时看到十六个月亮。咦，怎么会有十六个？水中十五个，别忘了天上还有一个呢。这十六个月亮的奇景，也成为五亭桥中秋赏月的最大看点。

可惜的是，这景色我并没有亲眼看到过，因为，唐朝时五亭桥根本还没修呢。

扬州游第二站：二分明月楼

大家好，我是徐凝，另一个深深怀念扬州的唐朝诗人。

如果说杜牧为一座桥带去了名字，我就是给整个扬州城带去了一张闪闪发光的名片。如果你今天漫步在扬州广陵路上，突然一抬头，你会发现一座古朴雅致的小楼，还有一个奇怪的名字——"二分明月楼"。

"二分明月"是什么意思？读完我的诗你就会明白的。

忆扬州

[唐] 徐凝

萧娘脸薄难胜泪，桃叶眉尖易觉愁。

天下三分明月夜，二分无赖是扬州。

诗歌简译

萧娘娇美的脸上似乎难以承受眼泪，桃叶的修眉容易显露忧愁。如果天下的明月共有三分光华，扬州就独占其中二分。

这首诗把扬州明月写到了入神的地步，并用"无赖"之"明月"，把扬州装点出无限的风姿，使人向往扬州的美好。

【诗人讲故事】——徐凝

小朋友们要知道，月亮在古时候往往代表着思念。所以，张九龄说"海上生明月，天涯共此时"，表达对亲人的思念；苏轼说"但愿人长久，千里共婵娟"，诉说对兄弟的牵挂。我思念扬州的月亮，其实更思念的是心爱的姑娘。

"萧娘"是一个很有意思的叫法，古代男子常常把自己心爱的姑娘称为萧娘；同样的道理，女子所爱的男子也被称为萧郎。唐朝元和年间有个秀才叫崔郊。崔郊姑母家有一婢女，姿容秀丽，与崔郊互相爱恋，后来却被卖给显贵于頔。崔郊念念不忘，思慕不已。一次寒食节，婢女偶尔外出与崔郊邂逅，崔郊百感交集，写下"侯门一入深如海，从此萧郎是路人"之句。后来于頔读到此诗，便成全了这对有情人，传为一段诗坛佳话。

我也思念我心中的那位萧娘。"萧娘脸薄难胜泪"，不是表示脸很薄，而是强调眼泪出奇的多。当日的泪眼，当日的愁眉，以及分离时的悲伤，都让人难以忘怀。

我心里一片惆怅，抬头望月，偏偏又是当时扬州照人离别之月，更增添了我的愁恨。我本来想排遣愁

绪，却没想到月光又来缠人，所以说"明月无赖"。

扬州人民非常喜爱我这个"无赖"的说法：世界上所有美丽的月色一共三分，扬州就占去了其中的两分。"无赖"原本有褒贬两种含义，一指无奈，一指可爱。我写诗时因为明月恼人，其实有点儿抱怨的意思。但由于我这句诗写得太过新奇有趣，所以后来的人们都把它作为描写扬州夜月的传神之句来欣赏，把"无赖"当作爱极的昵称了。

在创造"二分明月"这个词语时，我借鉴了一个著名的典故，那就是"才高八斗"。南朝时著名的诗人谢灵运称赞曹植说："天下才有一石，曹子建独占八斗。"一下子把曹植过人的才华表现得淋漓尽致。我参考了这个句式，把扬州的月色之美描写得出神入化。

今天你读了我的诗句，也试着来创造属于自己的名句吧。比如：天下三分烤鸭美，二分无赖是北京……

扬州游第三站：曲江

　　我可能是唐朝最传奇的一位诗人，一生只流传下来两首诗，其中一首被誉为"孤篇盖全唐"。

　　我就是被称为"吴中四士"之一的张若虚。

　　人们都爱我的《春江花月夜》，却不知道我描写的正是扬州曲江的月夜。

春江花月夜

［唐］张若虚

春江潮水连海平，海上明月共潮生。

滟滟随波千万里，何处春江无月明！

江流宛转绕芳甸，月照花林皆似霰。

空里流霜不觉飞，汀上白沙看不见。

江天一色无纤尘，皎皎空中孤月轮。

江畔何人初见月？江月何年初照人？

人生代代无穷已，江月年年只相似。

不知江月待何人，但见长江送流水。

白云一片去悠悠，青枫浦上不胜愁。

谁家今夜扁舟子？何处相思明月楼？

可怜楼上月徘徊，应照离人妆镜台。

玉户帘中卷不去，捣衣砧上拂还来。

此时相望不相闻，愿逐月华流照君。

鸿雁长飞光不度，鱼龙潜跃水成文。

昨夜闲潭梦落花，可怜春半不还家。

江水流春去欲尽，江潭落月复西斜。

斜月沉沉藏海雾，碣石潇湘无限路。

不知乘月几人归，落月摇情满江树。

诗歌简译

春天的江潮水势浩荡，与大海连成一片，一轮明月从海上升起，好像与潮水一起涌出来。

月光照耀着春江，随着波浪闪耀千万里，所有地方的春江都有明亮的月光。

江水曲曲折折地绕着花草丛生的原野流淌，月光照射着开遍鲜花的树林，好像细密的雪珠在闪烁。

月色如霜，所以霜飞无从觉察。洲上的白沙和月色融合在一起，看不分明。

江水、天空成一色，没有一点微小灰尘，明亮的天空中只有一轮孤月高悬。

江边上什么人最初看见月亮？江上的月亮哪一年最初照耀着人？

154

人生一代代无穷无尽，只有江上的月亮一年年总是相像。

不知江上的月亮等待着什么人，只见长江不断地一直运输着流水。

游子像一片白云缓缓地离去，只剩下思妇站在离别的青枫浦不胜忧愁。

哪家的游子今晚坐着小船在漂流？什么地方有人在明月照耀的楼上相思？

可怜楼上不停移动的月光，应该照耀着离人的梳妆台。

月光照进思妇的门帘，卷不走，月光照在她的捣衣砧上，拂不去。

这时我们一同望着月亮，可是听不到彼此的声音，我希望随着月光流去照耀着您。

鸿雁不停地飞翔，而不能飞出无边的月光；月照江面，鱼龙在水中跳跃，激起阵阵波纹。

昨天夜里梦见花落闲潭，可惜的是春天过了一半，自己还不能回家。

江水带着春光将要流尽，水潭上的月亮又要西落。

斜月慢慢下沉，藏在海雾里，碣石与潇湘的离人距离无限遥远。

不知有几人能乘着月光回家，唯有那西落的月亮摇荡着离情，洒满了江边的树林。

这首诗沿用陈隋乐府旧题，运用富有生活气息的清丽之笔，以江为场景，以月为主体，描绘了一幅幽美邈远、惝恍迷离的春江月夜图，抒写了游子思妇真挚动人的离情别绪以及富有哲理意味的人生感慨。

有人说我这首诗的题目就已经美到了极致。"春""江""花""月""夜",哪一个不是诗人们笔下动人的美景?

提到《春江花月夜》,就不得不提到两位著名的古人。一位是陈后主陈叔宝,虽然他是个昏庸的皇帝,却是位了不起的音乐家。据《旧唐书》载,他创作了乐曲《春江花月夜》。另外一位相关的古人也是皇帝——隋炀帝杨广。隋炀帝的文化修养很高,写得一手好诗。"暮江平不动,春花满正开。流波将月去,潮水带星来。"他的这首《春江花月夜》久负盛名。历史上隋炀帝与扬州也颇有渊源,这就要提到他为后世留下的一项伟大工程——隋朝大运河。隋炀帝在位期间,征发百万民工,历时六年多,在前人的建设基础上贯通南北,开凿出了隋朝大运河。扬州城是这项伟大工程的受益者,成为南方经济文化的中心。

有人说我的这首《春江花月夜》是后代许多诗人创作的摇篮,他们都在这首诗中,汲取到了灵感和营养。我们不妨来找找这方面的证据。

"春江潮水连海平,海上明月共潮生"会让你想到哪首诗?读读张九龄的"海上生明月,天涯共此时"，是不是有种熟悉的感觉？

"白云一片去悠悠，青枫浦上不胜愁"，这一片悠悠的白云是不是让你想起了崔颢诗中的"黄鹤一去不复返，白云千载空悠悠"？

"江畔何人初见月？江月何年初照人？"这人与月亮的对话，是不是让你有了苏轼"明月几时有？把酒问青天"的感叹？

另外，我得强调一点，我可是初唐时与贺知章齐名的诗人，刚才提到的那些诗人统统都是我的晚辈。这么说来，称我是后世诗人描写月色的指导老师，倒也实至名归呀。

【游览小结】

扬州的明月把我都迷住啦！小朋友们，你们爱这样的月亮吗？

乐小诗

1. 扬州繁华的一个重要原因是处于哪两条河的交汇处？
   （　　）
   A.长江与黄河　B.长江与京杭大运河
   C.黄河和京杭大运河
2. 据说在扬州五亭桥能看见多少个月亮？（　　）
   A.15　B.16　C.17
3. 和扬州"二分明月"相关的诗人是？（　　）
   A.李白　B.徐凝　C.杜牧

【陈老师精选诗人小故事】

金龟换酒

唐天宝元年，诗人李白来到京城长安。有一天，他到一座著名的道观紫极宫去游玩，碰见了著名诗人贺知章。贺知章很早就读过李白的诗，极为赞叹。这次偶然相逢，就亲切地和李白攀谈起来。他向李白要来新作的诗篇，当他读完《蜀道难》时，惊讶地对李白说："看来，你就是天上下凡的诗仙呀！"

黄昏时分，贺知章邀请李白去饮酒。在一家豪华的酒楼点好丰盛的酒菜后，贺知章这才想起身上没有带钱。这就有点儿尴尬了，怎么办呢？贺知章想了想，便把腰间的金龟解了下来，作为酒钱。李白连忙阻拦说："使不得，这是皇上亲赐给你的饰品，怎能拿来换酒呢？"贺知章仰面大笑说："这算得了什么？今日有幸与仙人结友，可要喝个痛快！区区一个金龟哪能妨碍我俩一同享乐呢？"

李白与贺知章痛快地饮酒，直到大醉才分别。虽然年龄上差距很大，但两人却成了著名的忘年交。

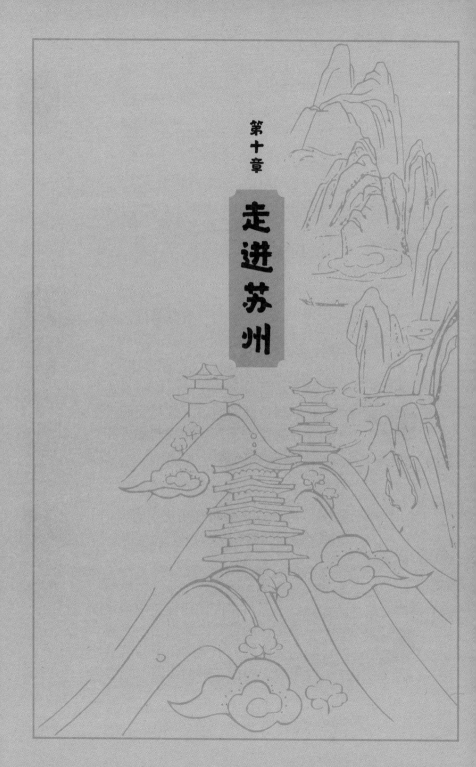

第十章

走进苏州

导语

陈老师

乐小诗，我来考你，我的上句是"上有天堂"。

下有苏杭！

乐小诗

陈老师

答对啦！这是两座被誉为中国最美的城市。杭州我们已经游览过了，今天我们就去苏州饱饱眼福吧。

苏州这座城市在历史上有什么有趣的故事呢？

乐小诗

陈老师

苏州在古代别称吴中，是吴文化的重要发祥地之一。我们先来讲一个吴文化中的著名典故，叫作"泰伯让国"。

泰伯是周部落的首领古公亶父的长子。按照古代的传统，他本应该继承父亲的王位。可是在兄弟三人中，三弟季历更有贤名，而且季历有一个特别聪明的孩子叫姬昌（后来的周文王）。如果姬昌将来能成为部落首领，一定能将部落发扬光大，甚至开创新的王朝。所以，周太王有意让季历继位，以便日后传位给姬昌。

泰伯知道了父亲的心思，为了成全父亲，也为了部落的将来，他经过痛苦的抉择，决定做出牺牲。父亲生病时，泰伯借口赴吴越之地采药，带着二弟仲雍离开了家园，一路来到了荒芜的荆蛮之地，此为一让。后来季历把父亲去世的消息告诉了泰伯，可泰伯为了不动摇季历的统治，没有回去奔丧，此为二让。最后，泰伯干脆断发文身，表示不能再继承中原华夏王朝的王位，此为三让。

《论语》中记载，孔子读到泰伯让国的故事非常感动，为泰伯献上了最高的赞誉："泰伯，其可谓至德也已矣。三以天下让，民无得而称焉。"

被周太王抱以殷切期待的姬昌果然不负厚望，他让周部落蓬勃壮大，成为天下人向往的明君。姬昌去世后，他的儿子武王姬发，继承父亲的遗志，最终灭掉了商朝，建立周朝。周武王分封诸侯之时，没有忘记为部落做出伟大牺牲的泰伯，他命人到东部寻访仲雍的后人。因泰伯无子，死后由其弟仲雍继位，及至第五任国君周章，正式封周章为勾吴国君。

好感人的故事！我知道苏州还有一个很有名的别称，叫"姑苏"，对吧？

乐小诗

陈老师

说到姑苏这个名字，咱们就去听著名诗人张继给我们讲讲他的故事吧。

时光机，请努力，带我们回到过去……

苏州游第一站：寒山寺

大家好，我是唐朝诗人张继。

没想到我笔下那个失眠的夜晚，成了苏州城的文化名片。这件事，要先从我的这首诗说起。

枫桥夜泊

[唐] 张继

月落乌啼霜满天，江枫渔火对愁眠。

姑苏城外寒山寺，夜半钟声到客船。

诗歌简译

月亮已经落下，乌鸦啼叫，寒气满天，我对着江边枫树和渔火忧愁而眠。姑苏城外那寂寞清静的寒山古寺，半夜里敲钟的声音传到了客船。

这首诗精确而细腻地描述了一个客船夜泊者对江南深秋夜景的观察和感受，将诗人的羁旅之思、家国之忧，以及身处乱世尚无归宿的顾虑充分地表现出来，是写愁的代表作。

【诗人讲故事】——张继

苏州有一座特别有名的寺庙，叫寒山寺。寒山是唐朝著名的僧人，与另一位僧人拾得齐名。这位寒山大师很有趣。据说，他出身于隋朝的皇室，入唐后屡次参加科举考试都因为奇怪的原因落选，加上父兄妻子的冷淡，于是干脆遁入空门，出家为僧。他喜欢写诗，语言极为通俗，像大白话一般，可含义深刻，成为一代著名的诗僧。白居易、王安石、苏轼、陆游等都是他的粉丝，由他创建的寒山寺也声名远播。

寒山与拾得还有一个特别著名的小故事：有一次，寒山问拾得："世间有人谤我、欺我、辱我、笑我、轻我、贱我、恶我、骗我，该如何处之乎？"拾得回答说："只需忍他、让他、由他、避他、耐他、敬他、不要理他，再待几年，你且看他。"说完两位大师相视微笑，宁静安详。这份处世的淡然与智慧，被世人所崇拜。后人传说，寒山与拾得是佛家菩萨文殊与普贤的化身。

我和寒山寺结缘是一次偶然。天宝十二载（753），我终于进士及第，金榜题名。寒窗苦读，异乡漂泊，终于看到了希望，却没想到老天跟我开了个大玩笑。首先，中举后的第一轮筛选，我没能得到任职，只能回乡等待。结果还没等到任命，安史之乱却爆发了。朝廷崩乱，皇帝逃到了四川，我连安稳的日子都没法过了。因为当时江南政局比较安定，我也只好去往江南一带避难。那天夜晚，船停靠在苏州城的枫桥边。虽说江南风光秀美，可我这心里全是浓浓的愁绪，彻夜无眠。

就在我对着渔火，伴着江月，出神落寞时，寒山寺的夜半钟声传到了我的耳边。那一刻心中的感触难以名状，于是，我提笔写下了这首《枫桥夜泊》。

我这首诗很出名，还给后世带来了很大影响。

首先，苏州的寒山寺和枫桥因此名声大噪，成为江南名景。

其次，我这首诗遭到宋代文学家欧阳修的非议和批评。欧阳修曾表达过一个观点："有些诗人为了句子漂亮，就连道理不通都不在乎，比如张继的诗句'夜半钟声到客船'，句子虽然好，但哪儿有三更半夜打钟的道理？"我不幸被欧阳修点了名，成了典型。

欧阳修晚于我的时代，我无从辩驳呀！好在群众的眼睛是雪亮的，宋代学者陈岩肖就在《庚溪诗话》中帮我做了反驳，找出了不少唐朝诗人写"半夜钟"的例子。比如：白居易的"新秋松影下，半夜钟声后"，于鹄的"定知别后家中伴，遥听缑山半夜钟"，温庭筠的"悠然旅榜频回首，无复松窗半夜钟"，等等。

通过后世文人的努力，总算洗清了我胡编乱造的罪名。其实，这都是因为欧阳修没有经过仔细的调查研究，就草率地下了结论呀。

苏州游第二站：姑苏台

"仰天大笑出门去，随我同上姑苏台"，一听就知道，我是李太白，我又来了。

提到姑苏台，我要给大家讲一个王朝覆灭的故事。这个故事就藏在我的一首非常特别的诗歌中。

乌栖曲

［唐］李白

姑苏台上乌栖时，吴王宫里醉西施。

吴歌楚舞欢未毕，青山欲衔半边日。

银箭金壶漏水多，起看秋月坠江波，东方渐高奈乐何！

诗歌简译

姑苏台上的乌鸦归巢的时候，吴王宫里西施醉舞的宴饮就开始了。

饮宴上的吴歌楚舞一曲未毕，太阳就已经落山了。

金壶中的漏水滴了一夜，吴王宫的欢宴还没有结束，吴王起身看了看将要坠入江波的秋月。天色将明，可我的快乐还没有尽兴呀！

这首诗通过日暮乌栖、落日衔山、秋月坠江等富于象征色彩的物象，暗示荒淫的君王不可避免的乐极生悲的下场。

【诗人讲故事】——李白

你们发现我这首诗有什么特别的地方了吗？数一数，这首诗只有七句。告诉你，《乌栖曲》是乐府《清商曲辞·西曲歌》旧题，形式均为七言四句，两句换韵。本人这是旧瓶装新酒，大胆创新形式。这就是我李白的风格，随心随性，不受规矩限制。

要想读懂我这首诗，必须先了解吴国和越国之间一波三折的故事。吴、越两国既是邻居，又是仇敌，他们都以争霸中原为头号目标，因此，几十年间战火连绵不绝。

公元前496年，吴王阖闾率军攻越，结果吴军大败，吴王阖闾也负伤身死。两年后，继承王位的夫差再次攻越，这一次吴国复仇成功，于夫椒击溃越军，越国投降，越王勾践作为战俘，前往吴国做了三年奴仆。

公元前475年，勾践倾全国之力发动灭吴战争。越国军队包围了吴国三年，夫差多次请降都被拒绝。最终，越军攻破吴都，吴王夫差自杀身亡，吴国灭亡。为什么曾经战胜越国的吴国会走向败亡呢？秘密就在这姑苏台中。

吴国复仇成功，越国投降后，吴王夫差没有选择杀死越王勾践，反而把他带回王宫做最低等的奴仆，每日驾车养马，晚上为先王守坟，以这种方式羞辱勾践。然而，夫差低估了勾践的坚忍。勾践不仅承受了这份屈辱，还通过主动为夫差尝大便辨病的方式，成功获得夫差的信任，回到了越国。回国后的勾践卧薪尝胆，奋发图强，立志灭吴雪耻。为了让强大吴国走向衰败，勾践一边佯装忠诚，使吴国放松对越国的戒备，一边进献美女，让夫差纵其所欲。就这样，历史上最著名的美人计粉墨登场了——勾践向夫差献上了美女西施。

吴王夫差果然上当，完全被西施迷住了。他穷尽吴国的财富，修建姑苏台，供他与西施寻欢作乐。姑苏台上的宫殿金砖玉瓦，富丽堂皇。宫殿

旁又做天池，池中造青龙舟，每日歌舞升平，彻夜狂欢。

我的这首《乌栖曲》描写的就是姑苏台上吴王与西施享乐的景象。

瞧，乌鸦归巢，夜幕即将降临，而姑苏台上吴王宫殿中欢乐的酒宴才刚刚热闹起来。美人西施跳起一段迷人的舞蹈，吴王夫差看得如醉如痴。

"银箭金壶漏水多"这句话中有一个知识点："银箭金壶"指的是刻漏，为古代的计时器，以水漏的方式来计算时间。姑苏台里都是奢侈品，所以一个简单的计时器也用上了金银来铸造。漫漫长夜就在这样的享乐中度过了，月影已经垂江，东方已经泛光，而吴王竟然还在抱怨：我还没有玩尽兴呢！

这边的吴王夫差夜夜笙歌，那边的越王勾践却在卧薪尝胆。通过十余年休养生息，寻觅战机，越国终于实现了大逆袭。灭吴之后，越国成功争霸，越王勾践也成为春秋时期的最后一位霸主。

今天的姑苏台，早已没有了昔日的繁华，但我们依然要敬畏这里曾经发生的故事。当一个国君把享乐放在第一位时，当一个国君爱美人胜过爱江山时，再强大的国家也终将会走向灭亡。

苏州游第三站：桃花坞

桃花坞，好美的名字，谁来带我们游览这里？

乐小诗

陈老师

这位先生名气可大得很！他就是传说中的江南四大才子之首的唐寅唐伯虎。唐伯虎为什么会来到苏州，又为什么会定居在桃花坞中呢？我们还是请他来为我们讲讲吧。

桃花庵歌

［明］唐寅

桃花坞里桃花庵，桃花庵里桃花仙。

桃花仙人种桃树，又摘桃花换酒钱。

酒醒只在花前坐，酒醉还来花下眠。

半醒半醉日复日，花落花开年复年。

但愿老死花酒间，不愿鞠躬车马前。

车尘马足富者趣，酒盏花枝贫者缘。

若将富贵比贫贱，一在平地一在天。

若将贫贱比车马，他得驱驰我得闲。

别人笑我忒疯癫，我笑他人看不穿。

不见五陵豪杰墓，无花无酒锄作田。

诗歌简译

桃花坞里有座桃花庵，桃花庵里有个桃花仙。

桃花仙人种着很多桃树，他摘下桃花去换酒钱。

酒醒的时候静坐在花间，酒醉的时候在花下睡觉。

半醒半醉之间一天又一天，花开花落之间一年又一年。

我只想老死在桃花和美酒之间，不愿意在达官显贵们的车马前鞠躬行礼、阿谀奉承。

车水马龙是贵族们的志趣，酒杯花枝才是像我这样的穷人的缘分和爱好啊。

如果将别人的富贵和我的贫贱来比较，一个在天，一个在地。

如果将我的贫贱和达官显贵的车马相比较，他们为权贵奔走效力，我却得到了闲情乐趣。

别人笑话我疯疯癫癫，我却笑别人看不穿世事。

你们难道没有看到风光无比的五陵豪杰，他们的墓前哪有花哪有酒，都被锄成了田和地。

在这首诗中，诗人以桃花仙人自喻，以"老死花酒间"与"鞠躬车马前"分别代指两种截然不同的生活方式，又以富贵与贫贱的各有所失，形成鲜明强烈的对比，表达了乐于归隐、淡泊功名的生活态度。

【诗人讲故事】——唐寅

大家好，我就是自称江南第一风流才子的唐伯虎，大名叫唐寅，伯虎是我的字。

先说说我为什么会来到桃花坞吧，这是一段令我悲伤的往事。

我本来拥有非常光明的前程，天赋出众，才
华横溢，第一次参加应天府乡试就高中解元（第一
名）。就在我踌躇满志，准备大展宏图时，令人意想
不到的事情发生了。那一年京城会试被人举报出现舞
弊行为，主考官程敏政遭到言官的弹劾，更倒霉的是
我和同乡好友徐经成了最主要的被怀疑对象。确实我
们年轻不谨慎，行事高调而张狂，尤其是
在考前曾经拜访过主考官大人，也
送过礼。但是，我们只是遍访前
辈，广交名流，并没有买
题作弊呀。结果遭人诬
告，朝廷不分青红皂
白，把我和徐经下了大
狱。虽然后来查无实证，
但余怒未消的皇帝下旨永
远剥夺了我考取功名的资
格，我成了因官场斗争导致的冤案
的牺牲品。

这次事件过后，家人也与我失和。
从此，我彻底厌倦了功名，醉心于书画，后
来到了苏州，选择在桃花坞修建桃花庵定居。

建造桃花庵时，我遇到了一个很大

的困难——没钱。怎么办呢？古人说"书中自有黄金屋"，还真有道理。当然，不是书中真的夹着钱，而是我的藏书值钱，我把多年珍藏的书籍抵押给京城中的朋友，这才借到了建房子的钱，终于在桃花坞里安了家。自从有了这个种满桃树的家后，我的生活真是赛过神仙。我总算明白了，比功名利禄更让人幸福的是自由与快乐。

所以，如果你来苏州，一定要来桃花坞里的桃花庵，像我一样，静静地躺在树下，美美地做一个神仙般的好梦吧。

【游览小结】

美丽的苏州给你留下了怎样的印象呢?

乐小诗

1.苏州最知名的寺庙是哪座? （　　）
　　A.寒山寺　　B.灵隐寺　　C.破山寺
2.李白《乌栖曲》中"银箭金壶漏水多"指的是? （　　）
　　A.房子破　　B.时间短　　C.时间长
3.唐伯虎在苏州建造的住处叫什么? （　　）
　　A.桃花坞　　B.桃花庵　　C.桃花屋

【陈老师精选诗人小故事】

唐伯虎学画

唐伯虎是明朝著名的画家，小时候就在画画方面显示了超人的才华。富贵人家常请他作画，唐伯虎渐渐骄傲起来。他的母亲很担忧，怕他长此以往难有成就，就让他去拜著名画家沈周为师。

在沈周老师那里学习了一年的时间，唐伯虎进步很快，沈周老师也经常夸奖他画得好。表扬听多了，小伯虎也开始有点儿自满了。他看看自己的画，再看看老师的画，觉得已经不相上下，便有了出师的念头。

沈周看出了唐伯虎的心思，就对他说："你可以出师了，临走之前，我们一起在花园的小屋里吃顿饭。"唐伯虎很好奇，来了这么久，却从来没去过花园里的小屋，今天终于可以一睹为快了。

唐伯虎走进小屋一看，奇怪，居然有四扇门，朝门外一看，都是美丽的风景：这一道门外姹紫嫣红，那一道门外莺歌燕舞，另一道门外流水潺潺。唐伯虎觉得好玩儿，想出去看看风景，结果咚一下子撞了上去。他用手一摸才发现，那根本不是门，是沈周老师画在墙上的。唐伯虎一下明白了，画无止境，自己这点儿水平还差得远呢。

　　这时沈周走了进来，说："伯虎啊，吃完饭你就可以回家了。"唐伯虎扑通一声跪下，羞愧地说："老师，请您原谅我的肤浅，再教我三年画画吧。"

　　从那往后，唐伯虎专心致志学习，直到他画的窗户也使猫碰了头，才离开老师回家去。后来他继续刻苦钻研，虚心学习其他画家的长处，终于成为明朝最著名的画家之一。

第十一章

走进襄阳

今天我们要去哪儿呀？

乐小诗

陈老师

今天我们要去的这座城市，是著名的三国文化历史名城。要知道，整部《三国演义》一共一百二十回，就有三十二回的故事与襄阳有关。

哇，都有哪些精彩的故事呢？

乐小诗

陈老师

比如三顾茅庐、马跃檀溪、水淹七军等。

太棒了，我最喜欢听三国故事了。

乐小诗

陈老师

别急，我们先来讲一个比三国历史还要久远的著名故事——卞和献玉。

卞和是春秋时期的楚国人。有一天，卞和在楚山上发现了一块璞玉（含玉的石头），便把它献给楚厉王。楚厉王让玉匠鉴定，玉匠说："这是一块普通的石头。"楚厉王大怒，命人把卞和的左脚砍去了。

楚厉王去世后，楚武王继承了王位。卞和又带着这块璞玉去献给武王。武王也命玉匠鉴定，玉匠还是说："这是一块普通的石头。"楚武王也大怒，便命人把卞和的右脚也砍掉了。

楚武王去世后，楚文王成为新的国君。卞和抱着那块璞玉，在楚山下哭了三天三夜，眼泪哭干了，鲜血都哭了出来。文王听说这事，便派人去问卞和："天下因受到刑罚而被砍掉双脚的人很多，为什么唯独你哭得这样伤心呢？"

卞和回答道："我并不是伤心自己的脚被砍掉了，我悲痛的是珍贵的宝玉竟被说成普通的石头，忠诚的好人却被当成骗子。"

文王被卞和打动了，他找来别的玉匠认真雕琢这块璞玉，果然得到了一块稀世的宝玉。为了纪念卞和，于是把它命名为"和氏璧"。

卞和真是个真诚善良的人呀。

乐小诗

陈老师

想知道更多发生在襄阳的故事，就走进这座名城去看看吧。时光机，请努力，带我们回到过去……

襄阳游第一站：岘山

陈老师

在襄阳鹿门山中，隐居着一位诗人。他名气特别大，运气却特别差，一辈子都没能做官，只能寄情山水，成了唐朝最著名的山水田园诗人。你知道他是谁吗？

这个知识我学过，山水田园诗人的代表有王维和孟浩然。

乐小诗

陈老师

不错，我说的这位就是孟浩然。孟先生一生未能做官，与一件倒霉事儿有关。

孟浩然早年有志做官，不是为了权力和财富，而是想实现自己的理想和抱负。科举失败后，孟浩然留在长安献赋以求赏识，名动一时，还与王维成了好友。

一次，王维邀请孟浩然到家中做客。两人正高兴地在房中喝茶聊天，突然，门外传来了一声高喊："皇上驾到！"原来唐玄宗刚好来找王维。孟浩然一介平民，听到皇帝来了，吓得大惊失色，情急之下，赶紧钻到床底下躲起来，屏息凝神，大气儿都不敢出。

王维还没来得及收拾，唐玄宗就推门走了进来。一看王维的样子，既慌乱又尴尬，再一看桌上摆着两盏茶，便询问道："谁在这里做客？"王维不敢隐瞒，只得如实相告。唐玄宗听后有些纳闷儿："我早就听说过此人，却没有见过，他为什么要躲起来？"说着让孟浩然出来。

孟浩然赶紧从床底下爬出来，拜见皇帝。唐玄宗听说孟浩然很会写诗，便让他选一首自己得意的诗歌念来听听。孟浩然不敢抗命，只好念了起来："北阙休上书，南山归敝庐。不才明主弃……"

刚念到"不才明主弃"，玄宗就生气地说："你从未找我求官，怎么能说是我抛弃你呢？"说完就拂袖而去，把孟浩然放归襄阳。

下面我们请孟浩然登场吧。

乐小诗

与诸子登岘山

[唐] 孟浩然

人事有代谢，往来成古今。
江山留胜迹，我辈复登临。
水落鱼梁浅，天寒梦泽深。
羊公碑尚在，读罢泪沾襟。

诗歌简译

人间的事情都有更替变化，来来往往的时日形成古今。
江山各处保留着名胜古迹，如今我们又可以攀登亲临。
鱼梁洲因水落露出江面，云梦泽由天寒而变得迷蒙幽深。
羊祜碑如今依然巍峨矗立，读罢碑文，泪水沾湿了我的衣襟。
这首诗因诗人求仕不遇，心情苦闷而作。诗人登临岘山，凭吊羊公，怀古伤今，抒发了自己空有抱负、报国无门的悲哀。

【诗人讲故事】——孟浩然

大家好，我就是那个倒霉的孟浩然。虽然没能做官，但山水的滋养也让我品味到了生活的回甜。襄阳是个好地方，历史悠久，风光秀丽，比如咱们这会儿要去的岘山。

岘山之上，我怀想起了一位让人感慨万分的古人羊公——三国至西晋时期的名将羊祜。

羊祜是一个好官员。三国后期，蜀国已灭，而曹魏政权也已经被司马炎篡夺。司马炎称帝后，摆在面前的就只剩下了江东的吴国。羊祜被任命镇守荆州，为最后的统一大业做准备。然而，羊祜心里并不只有建功立业，到了荆州后，他首先关心的是人民的生活。长年的战乱，已经让这里的老百姓苦不堪言。于是，羊祜把精力放在了城市建设上。他大量兴办学校，整修城市，开放市场，安抚百姓，给荆州人民创造了安定的生活环境。

羊祜是一位好将军。他上任后发现军队任务艰巨，却连一百天的粮食储备都没有，部队深受缺粮之苦。羊祜巧妙地把军队分为两部分，一部分负责军务驻防，一部分开荒屯田。后来，襄阳城的粮草储备足以支撑十年之久，军心安定，士气高涨。

可就是这样一位好将军，却没有好运气。公元272年，西陵督步阐叛吴降晋，东吴名将陆抗立即派兵围攻西陵，晋武帝则派遣荆州刺史杨肇和车骑将军羊祜等率军救援步阐，爆发了西陵之战。陆抗破坏了江陵以北的道路，阻断了晋军的粮食运输，最终打败了晋军，羊祜因此被贬。

这一战让羊祜认识到了陆抗的厉害，他一边养精蓄锐，一边等待着新的机会。机会终于来临，经过几年的练兵和各项物质准备，荆州边界的晋军实力已远超吴军，加上两年前陆抗去世了，吴国内部的矛盾不断激化，羊祜立刻向朝廷上疏请求出兵伐吴。奏疏得到了司马炎的肯定，却遭到朝中那些嫉妒羊祜的官员们的反对，没能实行。

公元278年8月，羊祜患病回京，得到机会面见司马炎，再一次向司马炎陈述了伐吴的主张。司马炎被羊祜的策划所折服，决定出兵伐吴，但这时的羊祜已经病重到无法带兵了。11月，羊祜病逝。荆州百姓在集市之日听闻羊祜死讯，纷纷罢市痛哭，连吴国的守边将士也为之落泪。羊祜死后两年，晋军按照羊祜生前的部署攻打东吴，最终成功统一了中国。

这座羊公碑不是朝廷为羊祜修建的，而是当地百姓自发为纪念这样一位仁德、宽厚、尽职、优秀的将军而修建的。

站在羊公碑前，想到羊祜将军为国效力，为民造福，名垂千古，与山俱传，而我自己仍是一介布衣，空有雄心，报国无门，无所作为，又怎能不令我"读罢泪沾襟"呢？

襄阳游第二站：汉江

好友孟浩然在前，那我王维又怎能落后呢？大家好，我是本章的第二位文化导游——王维。

孟浩然带你们游览了襄阳的山，我就来带大家游览襄阳的水。它就是长江的重要支流——汉江。想知道汉江有多辽阔，有多美丽，先来读读我写的这首诗。

汉江临泛

[唐] 王维

楚塞三湘接，荆门九派通。

江流天地外，山色有无中。

郡邑浮前浦，波澜动远空。

襄阳好风日，留醉与山翁。

诗歌简译

汉江流经楚塞又折入三湘，西起荆门往东与九江相通。远望江水好像流到天地外，近看山色缥缈若有若无。岸边都城仿佛在水面浮动，水天相接，波涛滚滚荡云空。襄阳的风光的确令人陶醉，我愿在此地酣饮陪伴山翁。

这首诗以淡雅的笔墨描绘了汉江周围壮丽的景色，表达了诗人追求美好境界、希望寄情山水的思想感情，也隐含了歌颂地方行政长官的功绩之意。

【诗人讲故事】——王维

这首描写襄阳的诗歌，在我的作品中有很重要的地位。北宋时的苏轼曾经这样评价我："味摩诘之诗，诗中有画；观摩诘之画，画中有诗。"其实，我不仅是位诗人，还是一位画家。如果你要问我，哪首诗最能体现我"诗中有画，画中有诗"的特点，那我的回答正是这首《汉江临泛》。

"江流天地外，山色有无中"，汉江滔滔远去，好像一直涌流到天地之外去了；两岸重重青山，迷迷蒙蒙，时隐时现，若有若无。这不正是中国画虚实交融、疏密相间的表现吗？

汉江雄浑壮阔的景色真的太令人震撼。江面有多辽阔？"郡邑浮前浦"，城市仿佛在江水中漂荡。江水有多汹涌？"波澜动远空"，整个天空仿佛为之撼动。

而且，正是这汹涌壮阔的汉江水，帮助三国名将关羽取得了人生中最辉煌的一场胜利——水淹七军。

《三国演义》中写道，关羽进攻樊城，曹操命大将于禁为南征将军，庞德为先锋，统帅七路大军，星夜去救樊城。关羽与庞德交战，不幸手臂中箭，回营养伤。两军正在对峙期间，关羽突然听说曹军把营寨移到了樊城的北边。关羽连忙登高察看，只见北边山谷之中，屯着大量的军队，而不远处的汉江水汹涌澎湃。

关羽沉思片刻，笑着说："于禁一定会被我擒住。"将士们问道："将军怎么这么有把握？"关羽说："这北边的山谷叫罾口川，罾是捕鱼的工具，而'于'进入罾中，还不被捉吗？"众人以为关羽在开玩笑，没人相信。

关羽回到营寨后，开始命人准备船只和水上用具。关羽的长子关平觉得很奇怪，问关羽："我们在陆地上，为什么要准备这些东西呢？"关羽这才解释道："秋雨已经连下了好几天，汉江已经涨水。我已命人去上游截流，等到雨势再大些，打开水闸，汉江必然泛滥，樊城必然被淹。我们到时候就划着船，去罾口川捕'鱼'吧。"关平这才明白，并深深地拜服。

几天之后的夜晚，果然风雨大作，关羽趁势命人放水，水淹七军，生擒于禁，取得辉煌大胜。这一战让关羽威震华夏。

我这首诗中还藏着一位名人——山翁。他可不是普通的山野老人，山是他的姓，他的名字叫山简。他出生于名门，父亲是"竹林七贤"之一的山涛。山简是山涛的幼子，完美地继承了父亲以及另外六位叔叔的爱好——饮酒。爱到什么程度呢？他在历史上留下了一个著名的典故——山简醉酒。

《世说新语》中记载：山简做荆州刺史时，酷爱饮酒，每次都是豪饮，常常喝得酩酊大醉。襄阳城有户豪门人家，姓习。习家建有秀丽的园林，曲径回

廊，碧池凉亭，令人喜爱。尤其是园中还有一个池塘，池水清澈，游鱼悠闲，让人赏心悦目。山简经常到习家园林饮酒，从早上喝到黄昏，醉了就躺倒在池塘边，露出圆圆的肚子晒太阳，十分有趣。

　　他回家路上的样子才滑稽可爱，歪歪倒倒地骑在马上，头上戴着白色的头巾，还不忘和属下挥手，自信地拍胸脯说："瞧，我这酒量不比你们并州人差吧。"简直令人捧腹。

　　后来呀，人们干脆直接用山简醉、山公醉、醉倒山翁、山公酩酊、山公倒载等一系列词语来形容人醉酒的样子。山简活出了一种随心随性、悠然淡泊的生活态度，真令我羡慕。"襄阳好风日，留醉与山翁"，我多想像山简那样在襄阳城快意人生呀！

襄阳游第三站：汉江渡船

大家好，我是唐朝诗人宋之问。

此刻，我正在汉江的渡船上。"嘘"，别声张，因为我的身份是——逃犯。这是怎么回事儿？我的诗里有答案。

渡汉江

[唐] 宋之问

岭外音书绝，经冬复历春。

近乡情更怯，不敢问来人。

诗歌简译

流放岭南与亲人断绝了音信，熬过了冬天又经历一个新春。越走近故乡心里就越是胆怯，不敢打听从家那边过来的人。

这首诗表现出诗人对家乡和亲人的挚爱之情和远归家乡时激动、不安、畏怯的复杂心理。

【诗人讲故事】——宋之问

虽然汉江很美，我却无意欣赏，因为此刻在船上的我心中有鬼。

作为文人，我名气很大，才二十岁便考中了进士，步入了仕途。诗歌上，我与沈佺期齐名，尤其擅长五言律诗。光看这些，我是一个才华横溢的优秀人才。

可惜，我才华虽高，德行却不佳。为了博取功名地位，我阿谀奉承，溜须拍马，哪知道，抱错了大腿。我所依附的女皇宠臣张易之、张昌宗兄弟随着武则天的离世而被杀，作为党羽，我被贬往了泷州。

泷州是岭南蛮荒之地，环境十分险恶，生活无比清苦，虽说只是流放，但几乎和判处死刑无异。贬往岭南的人，十之八九都没能活着回去。我冬天来到岭南，忍受了整个寒冬，又经历新春，几个月的煎熬让我无法再忍受，最终我选择了冒险潜逃。

一路上我小心翼翼，提心吊胆，终于来到了汉江边。渡过汉江，不远处就是我的家乡，我已经听见身边出现了亲切而熟悉的乡音。本来以为，快到家了，我会欣喜雀跃，哪知道真到了这一刻，我的心却揪得紧紧的，心里矛盾不已。好想问一问家乡人，好想知道家里的情况，可是"近乡情更怯，不敢问来人"。

因为，虽然我承受了该有的后果、责罚，但是，古时候是有牵连制度的。也不知道因为我，我的家人是否承受了沉重的后果？我的父母是否备受折磨？我的族人是否遭人指责？甚至，是不是我的家早已家破人亡……这一切的一切，都是因为我的错，我哪里敢问，也不敢去想。

所以小朋友们，如果你喜欢我的这首诗，那就请一定要坚守正确的做人原则，这样就不会经历和我一样的痛苦折磨。

【游览小结】

襄阳山水格外美，小朋友们，你们心动了吗？快来记一记知识点吧！

乐小诗

1. 以下哪个三国故事不是发生在襄阳？（ ）

　A.三顾茅庐　B.水淹七军　C.火烧新野

2. 哪位著名诗人在襄阳居住了三十多年？（ ）

　A.王维　B.孟浩然　C.宋之问

3. "近乡情更怯，不敢问来人"诗人的身份是？（ ）

　A.游客　B.逃犯　C.隐士

【陈老师精选诗人小故事】

宋之问创作《灵隐寺》

唐人孟棨《本事诗》中记载了这样一个故事：

在唐中宗时，诗人宋之问因罪被贬为越州长史，不久又遇赦。在回京途中，他路过杭州，听说灵隐寺巍峨壮观，便慕名前去游览。那天晚上，皓月当空，寺中的亭台楼阁沐浴着银光，飞来峰高高耸立，令人心旷神怡。宋之问漫步在灵隐寺的长廊之中，不觉诗兴勃发，脱口而出："鹫岭郁岧峣，龙宫锁寂寥。"谁知，吟出这两句后他就感觉才情枯竭，无论怎样想都想不出下面的句子了。

宋之问在走廊上不停地踱步，不知不觉中走到了一处偏僻的禅房。一位老僧点着长明灯，坐在大禅床上问他："年轻人夜久不寐，吟讽甚苦，所为何事？"宋之问回答道："我想为灵隐寺写一首诗，写好前两句后，下面的句子却怎么都写不出来了。"老僧又说："你把前两句读给我听听。"宋之问吟道："鹫岭郁岧峣，龙宫锁寂寥。"老僧听后，略作思考，说道："何不对以'楼观沧海日，门对浙江潮'？"老僧这遒劲、壮丽的诗句让宋之问十分惊讶。在这两句诗的启迪下，他文思如泉涌，很快完成了整首诗的创作：

鹫岭郁岧峣，龙宫锁寂寥。

楼观沧海日，门对浙江潮。

桂子月中落，天香云外飘。

扪萝登塔远，刳木取泉遥。

霜薄花更发，冰轻叶未凋。

夙龄尚遐异，搜对涤烦嚣。

待入天台路，看余度石桥。

　　第二天天亮时，宋之问再去寻访那位老僧，却发现老僧早已不见了踪影。一打听才知道，原来这位帮助他写诗的老僧竟然就是"初唐四杰"之一的骆宾王。

第十二章

走进九江

导语

陈老师

今天我们要去一座在长江流域特别著名的城市，叫九江。

九江？难道这里有几条江？

乐小诗

陈老师

哪儿有那么多！其实，主要有三条江在这里汇合，所以九江也叫三江口。说起这三江口，在《三国演义》中可有一段精彩的故事——群英会。

您给我讲讲，我最喜欢听三国故事。

乐小诗

陈老师

九江这个地方，三国时叫柴桑，是东吴的水军基地。当时，周瑜率领水军在这里准备与曹操交战。周瑜本来以为曹操的军队都是北方的士兵，不善水战，很容易击败。可是，他经过观察发现，曹操的水军训练得像模像样，不容小觑，原来是曹操起用了原来荆州的将领蔡瑁、张允。这两人久居江东，熟悉水战，必须想办法先除掉他们，才能打败曹军。正在周瑜思索对策之际，他的老同学蒋干，自告奋勇帮曹操来劝降周瑜了。周瑜将计就计，想出了一个绝妙的计策。

蒋干来了后，周瑜热情地设宴款待他，几乎所有江东重要的将领都参与了，可谓群英会。周瑜根本不给蒋干打听军情的机会，只顾喝酒，假装喝得酩酊大醉，要求蒋干和他同床而睡。夜里，蒋干趁周瑜睡熟了，悄悄爬起来翻看书桌上的文件，很快就发现了一封从江北曹营寄过来的机密信件。打开一看，竟然是蔡瑁、张允联合周瑜，密谋对付曹操的计划。蒋干赶紧把这封信藏在衣袖中，继续上床装睡。过了一会儿，有人来叫醒周瑜，说江北有消息来了。周瑜十分警觉，制止了对方，然后避开蒋干，才继续交谈。这让蒋干更加相信，一定是蔡瑁和张允传来了消息。

等周瑜回来再次睡着后，蒋干赶紧不辞而别，回到曹营向曹操告密。曹操没来得及细想，愤怒之下中了计，命人杀掉了蔡瑁和张允。周瑜终于除掉了心头大患，为赤壁之战的胜利奠定了基础。

这蒋干真是成事不足，败事有余啊。

乐小诗

说起来九江和武汉还真有些相似。你看，武汉叫江城，九江叫江州；武汉交通发达，有"九省通衢"之称，而九江也只是稍逊于它，被称为"七省通衢"。接下来，我们就要去九江游览了，这里除了有长江，还有美丽的庐山。

陈老师

那咱们赶紧去看一看吧！

时光机，请努力，带我们回到过去……

乐小诗

九江游第一站：庐山瀑布

大家好，欢迎来到庐山瀑布风景区，我是本站的文化导游苏轼。

庐山是天下名山，而庐山瀑布更是世间奇观。多少年来，无数诗人为它写下了壮美诗篇。今天我来给大家讲讲这庐山瀑布下发生的稀罕事儿。

我们先来读读诗仙李白这首著名的诗歌。

望庐山瀑布

〔唐〕李白

日照香炉生紫烟，遥看瀑布挂前川。

飞流直下三千尺，疑是银河落九天。

诗歌简译

　　香炉峰在阳光的照射下生起紫色烟霞，远远望见瀑布似白色绢绸悬挂在山前。高崖上飞腾直落的瀑布好像有几千尺，让人恍惚以为是银河从天上泻落到人间。

　　自从李白写下这首诗后，人们纷纷慕名前来参观庐山瀑布。按理说，美丽的风光总会让人们尤其是诗人诗兴大发，可是由于李白这首诗写得实在太好，大家都不敢动笔了，害怕班门弄斧，自取其辱。结果瀑布美景依旧，可好诗却不再出现。

　　直到那位自信的诗人徐凝来到了庐山瀑布前。徐凝曾经写出名句"天下三分明月夜，二分无赖是扬州"，对自己的才华还是相当自信，读完李白的诗后，便勇敢地发起了挑战。他的挑战作品写得怎么样呢？我们也来读一读：

庐山瀑布

[唐] 徐凝

虚空落泉千仞直，雷奔入江不暂息。

今古长如白练飞，一条界破青山色。

诗歌简译

　　瀑布仿佛是从天空中笔直落下的千仞长的泉水，发出雷鸣般的声响奔流入长江，不作停歇。千百年来一直长久地如一匹巨大的白练飞挂在这崖口，硬生生地划开了青青的山色。

　　这首诗写得怎么样？先说说古人的看法。支持徐凝的人说，你看徐凝的诗多有新意。李白的诗是由远及近，先写整座香炉峰，再聚焦在山顶的瀑布上。而徐凝却开门见山，直接描写瀑布的震撼景象，给人更大的视觉冲击。还有，李白的诗里只有瀑布的形态，而徐凝还写出了瀑布的巨大声响，绘声绘色。连大诗人白居易都对徐凝诗的最后两句"今古长如白练飞，一条界破青山色"赞赏不已，认为气势雄浑，色泽鲜明。

　　可支持李白的人反驳说，徐凝的"白练"有什么震撼？李白笔下可是"银河落九天"，和诗仙的浪漫想象相比，徐凝的诗差了几重天的距离。再说，诗歌要有抑扬顿挫，不是声音大就好，视觉轰炸更会让人疲劳。哪像李白的诗，娓娓道来，起伏有序，这才是诗歌该有的样子。

两边争得不亦乐乎，互相不服气。你要问我支持谁？别着急，我还真遇到了这个问题。庐山是我非常喜欢的名山，我第一次攀登庐山时，只见山谷奇异秀丽，令人目不暇接。我当时就感叹说："这次不写诗了，景色太美怎么写得过来呀。"有一天，有人把陈令举所作的《庐山记》寄给我，我边走边读，看到其中提到徐凝、李白赞咏庐山瀑布的诗，不由觉得好笑。这时，开元寺住持邀请我写一首诗，我正好把心中的想法一吐为快。想知道我的观点吗？来读读这首诗吧：

戏徐凝瀑布诗

［宋］苏轼

帝遣银河一派垂，古今唯有谪仙词。

飞流溅沫知多少，不与徐凝洗恶诗。

诗歌简译

庐山瀑布是天帝让银河垂落下来形成的，描写庐山瀑布的诗句，古来只有李白的最好。飞溅的水沫不知道有多少，都不给徐凝来洗他拙劣的诗歌。

小朋友们，看出来了吧，我明显是李白的支持者。我是一个非常率真的人，喜欢就要表现出来，不喜欢也不遮掩。在我心中，李白的这首《望庐山瀑布》是神品，天下无双。徐凝的诗与之相比，就只能算"恶诗"啦。

这两首描写庐山瀑布的作品，你更喜欢哪一首呢？

九江游第二站：浔阳江

"浔阳江头夜送客，枫叶荻花秋瑟瑟。"大家好，我是你们九江游的第二位文化导游白居易。

九江山美水美，山是庐山，而水就是浔阳江。长江流经九江的这一段被称为浔阳江，因九江古称浔阳而得名。我来给大家讲讲，我心中那个难忘的浔阳秋夜。

元和十年（815）六月，发生了一件震惊朝野的案件，当朝宰相武元衡被人刺杀在了大街上。等到救援人员赶到时，武元衡早已成了一具无头死尸。可是，对于这样的恶性案件，朝廷居然没有立刻严加查办。我愤怒无比，上书要求严查，结果等来的不是对凶手的追捕，而是对我的贬谪。朝廷居然认为我这是越级行为，一些别有用心的朝中权贵更对我进行了诽谤。他们说我的母亲当年是因为看花时不小心坠井去世的，可我后来还写了赏花诗和新井诗，这是没有孝道的表现，必须驱逐出京。很快我就被贬为江州司马。这是我人生的最低谷，对前途，对朝廷真有些心灰意冷。

第二年的秋天，我在浔阳江边与朋友饯别。想着自此分别不知何时再见，心中很有些感伤。就在我们即将分别之时，江面忽然传来了琵琶的弹奏声，乐曲凄凉婉转，令人动容。我和朋友忍不住发出邀请，让演奏琵琶的歌女为我们的宴席助兴。歌女接受了我们的邀请，上船为我们演奏。

她的技艺精湛无比，一曲琵琶演奏得令人沉醉痴迷。

演奏完毕，我询问歌女的身世，才知道她也是一个苦命的女子，如同我一般接连遭受生活的打击。如今她年龄大了，被迫嫁给了一个商人，但丈夫只顾着生意买卖，完全不顾及她和家庭，让她备感凄凉孤独。这种种情绪让我突然联想到了自己。来江州这两年间，我似乎已经淡忘了贬谪的痛苦，可此刻又清晰地涌上了心头。虽然我与这歌女萍水相逢，素未谋面，但相似的遭遇又让彼此感觉似曾相识。

伤感的气氛在四周蔓延，宴席上的众人都止不住默默垂泪。你要问我谁流的眼泪最多，正是我这个江州司马，为这歌女的遭遇，为自己的坎坷经历，流得痛快淋漓，转眼间就已经湿透了我的青色长衫。我难以抑制心中的情绪，为这个夜晚写下了六百一十六字的长诗《琵琶行》：

浔阳江头夜送客，枫叶荻花秋瑟瑟。
主人下马客在船，举酒欲饮无管弦。
醉不成欢惨将别，别时茫茫江浸月。
忽闻水上琵琶声，主人忘归客不发。
寻声暗问弹者谁，琵琶声停欲语迟。
移船相近邀相见，添酒回灯重开宴。

千呼万唤始出来，犹抱琵琶半遮面。

转轴拨弦三两声，未成曲调先有情。

弦弦掩抑声声思，似诉平生不得志。

低眉信手续续弹，说尽心中无限事。

轻拢慢捻抹复挑，初为霓裳后六幺。

大弦嘈嘈如急雨，小弦切切如私语。

嘈嘈切切错杂弹，大珠小珠落玉盘。

间关莺语花底滑，幽咽泉流冰下难。

冰泉冷涩弦凝绝，凝绝不通声暂歇。

别有幽愁暗恨生，此时无声胜有声。

银瓶乍破水浆迸，铁骑突出刀枪鸣。

曲终收拨当心画，四弦一声如裂帛。

东船西舫悄无言，唯见江心秋月白。

沉吟放拨插弦中，整顿衣裳起敛容。

自言本是京城女，家在虾蟆陵下住。

十三学得琵琶成，名属教坊第一部。

曲罢曾教善才服，妆成每被秋娘妒。

五陵年少争缠头，一曲红绡不知数。

钿头银篦击节碎，血色罗裙翻酒污。

今年欢笑复明年，秋月春风等闲度。

弟走从军阿姨死，暮去朝来颜色故。

门前冷落鞍马稀，老大嫁作商人妇。

商人重利轻别离，前月浮梁买茶去。

去来江口守空船，绕船月明江水寒。

夜深忽梦少年事，梦啼妆泪红阑干。

我闻琵琶已叹息，又闻此语重唧唧。

同是天涯沦落人，相逢何必曾相识！

我从去年辞帝京，谪居卧病浔阳城。

浔阳地僻无音乐，终岁不闻丝竹声。

住近湓江地低湿，黄芦苦竹绕宅生。

其间旦暮闻何物？杜鹃啼血猿哀鸣。

春江花朝秋月夜，往往取酒还独倾。

岂无山歌与村笛？呕哑嘲哳难为听。

今夜闻君琵琶语，如听仙乐耳暂明。

莫辞更坐弹一曲，为君翻作琵琶行。

感我此言良久立，却坐促弦弦转急。

凄凄不似向前声，满座重闻皆掩泣。

座中泣下谁最多？江州司马青衫湿。

九江游第三站：浔阳楼

乐小诗，我知道你喜欢读《三国演义》，那四大名著中另一本《水浒传》，你喜欢吗？

陈老师

我也喜欢。

乐小诗

接下来我们要去的浔阳楼，其名最早见于唐代江州刺史韦应物的诗中，白居易在《题浔阳楼》中又描写了它周围的景色，而真正使浔阳楼名噪天下则得益于《水浒传》中的描写。让我们打开《水浒传》去读一读"宋江醉酒题反诗"的故事吧！

陈老师

话说宋江杀了阎婆惜，被发配江州，断送了前程，心情十分郁闷。这一天，宋江独自一个人，来到了浔阳楼前。只见这楼上有苏东坡所题写的"浔阳楼"三个大字，大气磅礴。

宋江早就听说过浔阳楼的大名，没想到今天偶然遇到了，于是便乘兴登上了浔阳楼，靠着栏杆，开始饮酒。一杯两盏，喝得有些醉意了，宋江心中突然生出几分伤感，心想道："我生在山东，长在郓城，学吏出身，结识了多少江湖好汉，不过只是得到一个虚名。如今我已经三十多岁了，名又不成，功又不就，还被在脸上刺了罪犯的标志，发配到这江州来。我家乡中的父亲和兄弟，又什么时候才能再相见呢？"

不知不觉中，酒意翻涌，潸然泪

下，江风一吹，宋江愤然起身，叫酒保拿来笔墨，准备写一首《西江月》释怀。抬头正好看见酒楼的墙壁上，已有很多前人的题咏，宋江心想："我何不也写在这墙上？将来如果功成名就，再来这里，读读今日写的词，也算一番纪念。"于是乘着酒兴，磨得墨浓，蘸得笔饱，去那白粉壁上挥毫便写道：

自幼曾攻经史，长成亦有权谋。恰如猛虎卧荒丘，潜伏爪牙忍受。

不幸刺文双颊，那堪配在江州。他年若得报冤仇，血染浔阳江口！

宋江写完后，自己看了看非常满意，大笑后，又喝了几杯酒，兴致更高，觉得还不尽兴，于是又拿起笔来，在那首《西江月》后再写下四句诗。

心在山东身在吴，飘蓬江海谩嗟吁。

他时若遂凌云志，敢笑黄巢不丈夫！

诗歌简译

我人虽然在吴地（江州），但心却在山东（梁山），飘零江湖真是蹉跎了岁月。要是我宋江哪天实现了凌云壮志，那唐朝末年的黄巢又算得了什么！

　　宋江写完诗后，又在诗的后面题上"郓城宋江作"。

　　谁知道，正是这首诗，彻底改变了宋江的命运。诗中的"黄巢"可不是一个简单的人物，他是唐朝末年的农民起义领袖，于公元880年攻破了唐朝首都长安，建立了大齐政权。宋江用黄巢和自己做比较，岂不是向全天下人宣告自己要造反吗？结果，这首诗写完不久，宋江就被人告发，最终不得不真的走上了造反的道路，这才有了后来水泊梁山的精彩故事。

【游览小结】

　　　美丽的九江城给你留下了怎样的印象呢？

乐小诗

1. 在面对李白和徐凝的庐山瀑布诗争议时，苏轼支持的是谁？（　　）

　　A.李白　B.徐凝　C.都支持

2. 听完琵琶女的演奏和身世后，谁流的泪最多？（　　）

　　A.白居易　B.琵琶女　C.客人

3. 在宋江的反诗中，用来比喻自己的"黄巢"是什么人？（　　）

　　A.文学家　B.农民起义领袖　C.武术家

【陈老师精选诗人小故事】

徐凝、张祜斗诗才

徐凝和张祜都是年轻一代诗人的优秀代表，两人互相不服气。白居易任杭州刺史时，徐凝和张祜一同前往拜访，请白居易评判高低。

为什么一定要争个高低呢？原来，唐代科举考试有一个约定成俗的习惯，应考前，考生会把自己的作品送给有地位、名望高的人看，叫"行卷"；如果能被达官贵人推荐给主考官，中进士的希望就大增了。张祜和徐凝都希望得到白居易的首荐。

白居易决定让他们两人来个现场比试。于是徐凝问张祜："你有什么佳句？"张祜答道："我的《甘露寺》诗中有'日月光先到，山河势尽来'，《金山寺》诗中有'树影中流见，钟声两岸闻'。"徐凝说："你的诗句美则美矣，但没有我《庐山瀑布》诗中的'千古长如白练飞，一条界破青山色'好。"张祜愕然不能应对，在座的人都为徐凝的诗句所倾倒。

最后，白居易评判徐凝第一，张祜次之。

其实文无第一，每个人喜爱的诗歌风格也不相同。所以，后来张祜的朋友杜牧就非常不满意白居易的评价，写了首诗为张祜鸣不平呢。

第十三章

走进重庆

导语

陈老师

乐小诗，我出个谜语给你猜。"双喜临门"打一个城市的名字。

"双喜"……我猜到啦，是重庆。

乐小诗

陈老师

对，但你知道重庆为什么叫重庆吗？

这个我真不知道了，您给我讲讲吧。

乐小诗

陈老师

重庆这个名字诞生于宋朝。隋唐之时，重庆归渝州管辖，这是重庆简称"渝"的由来。大诗人李白在诗中就曾写道："夜发清溪向三峡，思君不见下渝州。"北宋崇宁元年（1102），因赵谂谋反之事，宋徽宗以"渝"有

"变"之意，将渝州改名为恭州。南宋淳熙十六年（1189），宋光宗赵惇先被封为恭王，后受宋孝宗禅位，登基为帝，认为这是"双重喜庆"，升恭州为重庆府。重庆由此得名，并一直沿用到今天。

哇，重庆真是个有福气的地方呀。

乐小诗

陈老师

不仅有福气，重庆还有很多鲜明的特色呢。我再告诉你几个它的别称。

1. 雾都

重庆位于四川盆地东南边缘，周围有高山阻挡，风速较小。长江及嘉陵江使这里水汽充沛，空气潮湿。白天较高的地面温度让水蒸气的蒸发作用不断加强，使空气中容纳了许多水汽，同时，盆地边缘的冷空气会沿着山坡下沉，使近地面的空气降温剧烈，最终导致空气中容纳水汽的能力不断降低，多余的水汽便会凝结形成大雾。所以重庆独特的地形地势让这里成为全球著名的雾都。有人做了统计，重庆平均每年有104天是大雾天，其中璧山区的云雾山全年雾天更是高达204天，真是名副其实的雾都。

2.桥都

重庆被称为桥都有两点原因：一是桥梁数量多、密度高，截至2021年9月29日，仅在嘉陵江和长江上就有大桥33座，远远超过中国其他城市。二是桥梁类型多，据统计目前世界范围内公认的各种类型的公路桥梁在重庆都能找到实例，如拱桥、斜拉桥、悬索桥、连续钢构桥、T型钢构桥等，所以，重庆被称为桥都实至名归。

3.四大火炉之一

火炉城市是中国对夏季天气酷热的城市的夸张称呼。四大火炉的名单版本不一，唯有重庆始终居于首位，从持续高温天数和绝对高温数据上看，都在全国数一数二。所以，你可千万不要低估了重庆的"热"度。

还有吗？

乐小诗

陈老师

还有一个非常著名的别称——山城。重庆这座城市依山而建，拥有许多美不胜收的名山。接下来，我请了三位著名的诗人，让他们用诗歌来为我们详细讲述历史上山城的独特魅力。

时光机，请努力，带我们回到过去……

重庆游第一站：巴山

夜雨寄北

［唐］李商隐

君问归期未有期，巴山夜雨涨秋池。

何当共剪西窗烛，却话巴山夜雨时。

诗歌简译

　　你问我何时回家，我回家的日期定不下来啊！我此时唯一能告诉你的，就是这正在盛满秋池的绵绵不尽的巴山夜雨了。如果有那么一天，我们一起坐在家里的西窗下，共剪烛芯，相互倾诉今宵巴山夜雨中的思念之情，那该多好！

　　这首诗开头两句以问答和对眼前环境的抒写，阐发了孤寂的情怀和对对方的深深思念。后两句设想来日重逢谈心的欢悦，反衬今夜的孤寂。

【诗人讲故事】——李商隐

大家好，我是李商隐，由我来给大家讲一讲那场巴山的夜雨。没有人比我对巴山的印象更深刻，因为在那里，我留下了一份永恒的思念。

熟悉我的小朋友都知道，我很爱自己的妻子，但古时候男人为了事业又不得不常常与家人分别。所以在我的诗里，你能经常读到我对爱人的思念，比如"春蚕到死丝方尽，蜡炬成灰泪始干"，又比如"身无彩凤双飞翼，心有灵犀一点通"。然而，这些名句背后的想念，都比不过《夜雨寄北》这首诗歌中所提到的思念让我刻骨铭心。

大中五年（851）七月，我又一次离开家前往四川，担任梓州幕府的工作。到任后，工作枯燥而烦琐，加上一个人在异地他乡，令我郁郁寡欢。尤其到了夜晚，难免孤单寂寞，冷清不堪。好不容易熬到了秋天，一天夜里，下起了一场大雨，房后的巴山都笼罩在了雨幕之间。群山似乎都在呜咽，让人备感凄凉。这天夜里我收到了妻子从北方写来的书信。

虽然才仅仅过了两个多月，但我的妻子似乎已经有些焦急，询问我什么时候回去。她是思念我了吗？我又何尝不想她呢？我苦笑着铺开纸笔给妻子回信：

　　"亲爱的妻子，你问我什么时候能回去，我也轻声地问自己。可工作身不由己，没法确定具体的日期。我唯一能确定的是，今夜我正在想你。听，窗外下起了夜雨，雨声淅淅沥沥，就像我此刻澎湃的思绪。等我回来的那一天，我一定要和你一起坐在西窗之下，一边剪短烛芯，一边告诉你今夜我写信时，心中对你无尽的思念。"

　　我以为我给了妻子一个美妙的期盼，等到相会时，便能把这份思念的苦，变成彼此的甜。然而，我不知道的是，这份承诺竟然再也无法兑现。在我的书信寄往北方时，我的妻子却已经因病离世。在知晓的那一刻我才恍然明白，为什么这一次妻子会那么急迫地渴望我回去，或许她已经知道等不到与我团聚了。从那以后，这巴山夜雨就成为我心中刻骨铭心的记忆。

　　所以小朋友们，巴山最美是雨夜，如果你听着雨声感到淡淡的愁绪，请相信那是我李商隐穿越千年的思念。

重庆游第二站：巫山

离思五首（其四）

[唐] 元稹

曾经沧海难为水，除却巫山不是云。

取次花丛懒回顾，半缘修道半缘君。

诗歌简译

　　曾经看过大海的水，别处的水就不足为顾；曾经看过巫山的云，别处的云便不称其为云。仓促地由花丛中走过，懒得回头顾盼；这缘由，一半是因为修道人的清心寡欲，一半是因为曾经拥有过的你。

　　这首诗采用巧比曲喻的手法，淋漓尽致地表达了诗人对亡妻的深深怀念。接连用水、用云、用花比人，写得曲折委婉，含而不露，意境深远，耐人寻味。

【诗人讲故事】——元稹

　　在中国文学史上有一种特殊的诗歌题材叫悼亡诗，一般是丈夫为纪念死去的妻子而创作的诗歌。千百年来，悼亡诗写得最好的有三个人：汉朝的潘岳、宋朝的苏轼和来自唐朝的我。有人问我为什么能进入这个顶尖的排名，因为悼亡诗最重要的是内心情感的真诚。

我的妻子是世间最好的女子，她的善良贤淑让我终生难忘。妻子嫁给我时我尚无功名，她跟着我吃了很多苦，但是她无怨无悔，任劳任怨。我非常感激她，加倍努力进取，希望能让她过上更好的生活。终于，在三十一岁那年，我获得了朝廷的提拔，担任监察御史，然而就在这一年，我的妻子却不幸离世了。她跟着我吃了一辈子的苦，却没来得及享受一天的福，这怎能不让我愧疚痛苦？

我的妻子是世间最好的女子，我要把她比作最美的景致。在我心中，景色最美的地方就是重庆的巫山。巫山的云霞有多美？古人这么形容：那云霞上接青天，下垂碧渊，云蒸霞蔚，变幻万千，简直是难以用人类语言表述的美。

更重要的是，巫山的云霞并不仅仅是大自然的美景，还是美丽的巫山神女的化身。这个优美的传说故事被文学家宋玉写成了著名的《神女赋》和《高唐赋》。

相传，巫山神女本是炎帝的女儿瑶姬。瑶姬生下来就体弱多病，后来更是不幸早逝。她被埋葬在巫山之中，精魂不灭，飘荡到了姑媱山，化为一株瑶草。

这是一种花色嫩黄、叶子双生的神奇之草，据《山海经》记载，人们如果吃了瑶草的果实，便会变得受人喜爱。

后来，这株瑶草便在姑媱山上吸取日月的精华，若干年后，修炼成为巫山神女。

又过了千年的时光，到了战国时，楚怀王到湖北云梦泽打猎，在高唐馆休息，睡梦中，看见一个女子，身姿优雅，款款行来。再看她的相貌容颜，美丽无比，无人可及，简直惊为天人。这个女子告诉楚怀王，她是这

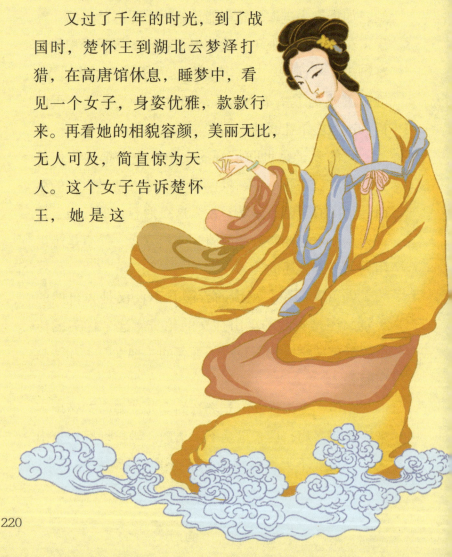

巫山中的神女。楚怀王对神女心生爱慕，二人留下了一段风流佳话。

楚怀王醒来后，却不见了神女的踪影。楚怀王恋恋不舍，便登上云梦台眺望巫山，四处寻觅，只见到峰峦秀丽，云蒸霞蔚。乡间的人告诉楚王，这云霞便是巫山神女所化。楚怀王感慨不已，便在巫山临江的地方修筑了一座高楼，取名"朝云"，用来怀念这份美好的经历。

故事到了这儿，其实并没有结束。楚怀王去世后，他的儿子楚襄王听闻了这个故事，便来到朝云楼中，希望能与神女相会。果然，睡梦之中，又看见神女出现，依然美丽高雅。楚襄王也向神女表达了爱慕之意，可神女却断然拒绝，始终与他保持着距离和礼节。夜晚很快就过去了，醒来后，楚襄王无比遗憾惆怅。后来从这个故事中诞生了一个有名的成语——"襄王有意，神女无心"，来比喻一厢情愿。

两位楚王的遭遇虽然不一样，但神女的高雅美丽却始终不变。她早上化为天空中的云彩，晚上变成山林间的雨雾，这巫山的美，令你心动了吗？

重庆游第三站：白帝城

　　小朋友们好，又和你们见面了。重庆的白帝城，是我李白一生中运气最好的地方，想知道这里带给了我什么好运吗？先来读一读我这首快乐的诗歌。

早发白帝城

[唐] 李白

朝辞白帝彩云间，千里江陵一日还。

两岸猿声啼不住，轻舟已过万重山。

诗歌简译

　　清晨，朝霞满天，我就要踏上归程。从江上往高处看，可以看见白帝城彩云缭绕，如在云间，景色绚丽！千里之遥的江陵，一天之间就已经到达。两岸猿猴的啼声不断，回荡不绝。猿猴的啼声还回荡在耳边时，轻快的小船已驶过连绵不绝的万重山峦。

　　整首诗把诗人遇赦后愉快的心情和江山的壮丽多姿、顺水行舟的流畅轻快融为一体，运用夸张和奇想，写得流丽飘逸，惊世骇俗，又不假雕琢，随心所欲，自然天成。

【诗人讲故事】——李白

　　小朋友们，我的一生中有三个非常重要的时间节点。开元十三年（725），我仗剑出蜀，开始游历天下。天宝元年（742），我被唐玄宗赏识，名动长安。两年后的天宝三载（744），我遭到权贵的排挤，被赐金放还逐出了长安。

我沿着长江顺水路前往夜郎，心情无比沉痛。一路上朋友们为我接风，给我安慰，但丝毫无法让温暖的阳光照进我的生命里。就这样，我失魂落魄、心如死灰地来到了白帝城。白帝城旁的瞿塘峡中，江水咆哮，发出令人惊悚的撞击声，仿佛预示着我的前路也是这样的艰险难行。那一刻，我甚至有些绝望了。

万万没想到，我的好运气突然来了。朝廷因为关中大旱，决定大赦天下为百姓祈福，判死罪的改为流放，流放以下的完全赦免。当大赦的消息传到白帝城时，我惊喜交加，人逢喜事精神爽，世间万物都变成了美丽的模样。我立刻乘舟东下，眼前的白帝城此刻彩霞满天，美得无与伦比，但我片刻也不想停留。

"千里江陵一日还"，这速度多夸张。大家都知道我是一个浪漫主义诗人，浪漫主义最大的特点就是夸张和想象。但我得告诉你们，我这句诗还真不是来自自己的想象，而是化用了地理学家郦道元在《水经注》中的描写。郦道元是这样描写夏天的三峡的："至于夏水襄陵，沿溯阻绝。或王命急宣，有时朝发白帝，暮到江陵，其间千二百里，虽乘奔御风，不以疾也。"看见了吗？有时候三峡涨水，而皇帝的命令需紧急传达时，一艘快船真的可以早上从白帝城出发，晚上便到达江陵。如果你非要说我吹牛，那记住了，这牛是郦道元吹出来的。

【游览小结】

小朋友们，重庆有这么多名山，你最想去的是哪一座呢？

乐小诗

1.重庆的双喜指的是哪两件事？（　　）

　A.中举、结婚　B.封王、称帝　C.中奖、避祸

2.《夜雨寄北》普遍认为是李商隐写给谁的诗？（　　）

　A.妻子　B.朋友　C.父亲

3.李白来到白帝城时发生了什么好事？（　　）

　A.结婚　B.遇赦　C.当官

【陈老师精选诗人小故事】

李商隐诗后成

《唐诗纪事》中记载了这么一则有趣的故事：

李商隐游览长安时，有一次在旅店中投宿，正遇上几位客人饮酒赋诗，他也被邀请入座。当时，人们并不知道他是谁。

在座的客人以"木兰花"为题作诗，写好诗后互相夸耀，好不热闹。李商隐是最后写好的，其诗为：

洞庭波冷晓侵云，日日征帆送远人。

几度木兰舟上望，不知元是此花身。

众人看见这诗后大为吃惊，赞叹不已，经过询问才知道，此人就是当时鼎鼎大名的诗人李商隐。

［清］佚名 《渝城图》

第十四章

走进四大名楼

导语

陈老师

乐小诗，不知不觉中，我们已经走过了十三座历史文化名城，收获满满呀！

对啊，我认识了几十位文化导游，他们的故事都好精彩。

乐小诗

陈老师

今天是我们这个系列的最后一场游览，猜猜我们会去哪儿。

最后一场了？我还没尽兴呢。要不，咱们今天多去几个地方。

乐小诗

陈老师

满足你的要求，咱们今天就一次性逛完中国古代四大名楼。

是哪四座楼呢？

乐小诗

它们分别是一位老朋友，黄鹤楼；三位新朋友，滕王阁、岳阳楼、鹳雀楼。你想先去哪座楼？

陈老师

嗯……为什么别的都叫楼，只有滕王阁叫阁呢？楼和阁有什么区别吗？

乐小诗

陈老师

楼与阁在早期是有区别的，楼是指重屋，阁是指下部架空、底层高悬的建筑。楼区别于平房，至少有两层，屋顶多使用硬山式或歇山式，显得稳重、简洁；阁一般有两层以上，也有一层的，屋顶多使用攒尖形，显得华丽多姿而富有变化。楼主要是供人居住，阁则大多用来储藏物品。不过后世的楼、阁并无严格区分，经常连在一起用。那我们就先去滕王阁，我给你讲讲在那里发生的诗歌故事吧。

时光机，请努力，带我们回到过去……

四大名楼游第一站：滕王阁

说到滕王阁，我们需要先介绍一下滕王是谁。滕王是唐高祖李渊的儿子，唐太宗李世民的弟弟李元婴。他在治理洪州（今江西南昌）时，修建了滕王阁。

而我们今天要讲的这个诗歌故事，主人公是被誉为初唐四杰之首的王勃。王勃是个文学天才，小时候就被誉为神童。仅仅九岁时，他就已经写了一本叫《指瑕》的书，指出了著名学者颜师古在著作《汉书注》中的诸多错误。王勃一生中最重要的代表作叫《滕王阁序》。这篇被称为"千古第一骈文"的作品，让滕王阁从此闻名天下，也让王勃名垂青史。然而，让人想不到的是，这么重要的一次创作，竟然完全是个意外和偶然，接下来，我们就一起来读读这个传奇而精彩的故事：

上元二年（675）九月，王勃前往交趾探望父亲，路过江西南昌。恰好当时的洪州都督阎公重建了滕王阁，大摆筵席，隆重庆祝，邀请了王勃参加。古时候一座重要的建筑重修后，会请文人墨客为它写一篇精彩的诗文作为纪念，滕王阁也不例外。不过，这次都督阎公存了点儿私心。他的女婿也是一位文人，阎公让女婿提前构思了一篇文章，到举行宴会的时候再当场写出来，借此机会脱颖而出，扬名立万。所以，尽管宴会上来了很多知名文人，但他们彼此间已经达成了默契，等到写文章的时候，让阁公的女婿来登台展示。这一切本来水到渠成，谁半路杀出个程咬金——王勃。

王勃只是路过，并不知道其中的内情，等到阁公邀请大家为滕王阁作文时，其他人都谦让推辞，只有王勃欣然应允。阁公气得够呛，辛苦了半天，难不成要为他人作嫁衣裳？阁公一怒之下，借口要去更衣，便离开了现场。不过，他心里还是存着一丝好奇：这看上去非常年轻的王勃，到底能写出怎样的文章？也许到时候他写得一塌糊涂，我的女婿就有机会了。所以，阁公便安排了一个仆人在现场观摩王勃创作，王勃每写完一句，仆人便向他汇报一句。

很快，仆人就传来王勃写的第一句："豫章故郡，洪都新府。"阁公一听，不以为然地说："老生常谈，这样的句子，谁都写得出。"接着传来第二句是："星分翼轸，地接衡庐。"阁公开始沉默，不再随意下评语。外面王勃的创作似乎渐入佳境，好的句子接踵而至。等到仆人传来"落霞与孤鹜齐飞，秋水共长天一色"这句话时，阁公再也忍不住了，拍案叫绝："天才，天才呀！"阁公完全被王勃的文采所征服，从里屋中出来，站在王勃身侧观赏他写作。王勃兴致高涨，文不加点，一气呵成，最后，在文章结尾处用一首七言古诗作结。

滕王阁

［唐］王勃

滕王高阁临江渚，佩玉鸣鸾罢歌舞。

画栋朝飞南浦云，珠帘暮卷西山雨。

闲云潭影日悠悠，物换星移几度秋。

阁中帝子今何在？槛外长江□自流。

诗歌简译

魏峨的滕王阁俯临赣江之中的小洲，佩玉、鸾铃鸣响的华丽歌舞早已停止。清晨，画栋飞来了南浦的浮云；黄昏，珠帘卷入了西山的细雨。云影映在江中，日日悠悠不尽。时光流逝，不知过了多少春秋。高阁中的滕王如今在哪里呢？只有栏杆外的长江独自流淌。

小朋友们有没有发现，这首诗的最后一句少了一个字。为什么会这样呢？

据说呀，王勃写完后没有辞别，就匆匆离去。当众人正想告退时，阁公突然轻喝一声："慢，怎么结尾那首诗的末句，空了一字没有写？"众人一看，果真如此。阁公说道："只怕是我等轻慢了王诗人，所以故意空下一字让大家来猜，大家就猜猜吧。"

众人面面相觑，有人猜"独"字，有人猜"船"字，还有人猜"水"字。阁公听后，均不满意，又苦苦思索不得，于是命令衙卫快马加鞭追赶王勃，千金求其一字。

衙卫追上王勃后，说明了来意。王勃笑着说："我将这一字写在你手心，你要握紧拳头，见了都督才能伸开手掌，否则此字便会不翼而飞。"说完，王勃要来一支笔，但并不蘸墨，在衙卫手心画了一阵，让他握拳而回。

衙卫回去之后，在阎公面前伸开手掌，竟空无一字。阎公喃喃自语道："怎么会空空如也呢？"说完，猛然一惊，难道缺的是个"空"字！

"阁中帝子今何在，槛外长江空自流。"阎公朗读出来，然后拍案称绝，"这个'空'字用得极妙，万千感慨，尽在这个'空'字上啊！"众人听后，恍然大悟，纷纷拍手称道。

小朋友们，王勃和滕王阁的故事，你们觉得精彩吗？

四大名楼游第二站：岳阳楼

接下来让我们沿着长江上游的方向，去看一看四大名楼中最壮阔的岳阳楼。岳阳楼位于洞庭湖畔，前望君山，下瞰洞庭。提到岳阳楼最具代表性的景观，那就要读读范仲淹《岳阳楼记》中的名句"衔远山，吞长江，浩浩汤汤，横无际涯，朝晖夕阴，气象万千"，简直把洞庭湖的壮阔写到了极致。连浩荡的长江都被这洞庭湖一口吞入了腹中，你说这景象震不震撼？不过，要说到描写洞庭湖壮阔景象的代表诗作，还得是诗圣杜甫的《登岳阳楼》，下面让我们来读读吧。

登岳阳楼

[唐]杜甫

昔闻洞庭水，今上岳阳楼。
吴楚东南坼，乾坤日夜浮。
亲朋无一字，老病有孤舟。
戎马关山北，凭轩涕泗流。

诗歌简译

很早的时候就听说洞庭湖波澜壮阔，今天终于如愿登上岳阳楼。浩瀚的湖水把吴楚两地撕裂，似乎日月星辰都漂浮在水中。亲朋好友们音信全无，我年老多病，乘着孤舟四处漂流。北方边关战事又起，我倚着栏杆远望，泪流满面。

小朋友们，你们有没有从这首诗中读出杜甫的悲哀？这岳阳楼上寄托着杜甫无尽的感慨。

第一份悲哀：昔闻洞庭水，今上岳阳楼。你发现了吗？杜甫很早就已经听闻了洞庭湖的美名，可是直到生命的最后时刻，才如愿登上了岳阳楼。为什么他不早点儿去呢？背后的原因是杜甫一生经历了太多磨难，更遭逢了安史之乱。生逢乱世，山河破碎，国家处在战火硝烟之中，别说去岳阳楼游览了，连安稳度日都无法实现。在战乱的八年间，杜甫流离失所，不知道逃亡了多少地方，搬了多少次家，哪里还能奢望登临岳阳楼呢？

大历三年（768），杜甫思乡心切，乘舟出峡，先到江陵，又转公安，在年底冬天的时候漂泊到湖南岳阳，终于在生命的最后一段时光登上了神往已久的岳阳楼。

第二份悲哀：亲朋无一字，老病有孤舟。战争带给杜甫最大的伤害，其实是精神上的孤独。亲戚朋友，音信全无。无论自己多么思念，也依然无法得到哪怕一个字的回答。杜甫是一个特别重情重义的人，交友遍天下，可此刻，却深感孤独的可怕。

更要命的是，除了精神上的孤独，他的身体也已经到了不堪重负的地步。严重的风湿病，让杜甫每时每刻痛不欲生；严重的糖尿病，让他精神萎靡，行动艰难；严重的肺病，让他被迫和相伴一生的美酒说了再见。这衰老而多病的身躯，多像湖面上那一只孤独的小船，随时都有覆灭的危险。

第三份悲哀：戎马关山北，凭轩涕泗流。在杜甫无数的称号中，最让我们感动的是"爱国诗人"这个称号。杜甫的心中，永远装着国家与人民。即使在成都生活相对安稳的那几年，他也心怀天下，时时不忘受苦受难的百姓。茅屋为秋风所破，他感叹"安得广厦千万间，大庇天下寒士俱欢颜"，关心的是天下寒士的温饱，而不是自己的苦寒。遥望北方，在那被外族侵占的关山以北，战争依然在延续，人民依然流离失所。这一切让杜甫既痛心又无力，脸上早已老泪纵横。这就是爱国诗人杜甫，即便晚景凄凉，生命所剩无多，对国家的热爱依然炽热。

所以小朋友们，当我们登上岳阳楼，感慨洞庭湖的壮阔景象时，还要知道，在这里还有比这洞庭湖更为博大的诗圣杜甫的家国之爱。

四大名楼游第三站：黄鹤楼

黄鹤楼是我们的老朋友，有关它的神话传说和诗歌传奇都让我们回味无穷。这一次，就让我们走下黄鹤楼，到楼畔江边，看看发生在这里的一场著名的送别。

黄鹤楼送孟浩然之广陵

[唐]李白

故人西辞黄鹤楼，烟花三月下扬州。

孤帆远影碧空尽，唯见长江天际流。

诗歌简译

老朋友告别了黄鹤楼向东而去，在烟花如织的三月漂向扬州。帆影渐渐消失于水天相连之处，只见滚滚长江水在天边奔流。

在唐朝诗坛有一条有趣的诗人崇拜链。诗圣杜甫历来被后世所推崇，是千千万万诗人的偶像，那你知道，杜甫的偶像是谁吗？那就是大名鼎鼎的李白啦。杜甫一生为李白写了很多首诗歌，算得上是李白的头号粉丝。那李白的偶像又是谁呢？就是著名的山水田园诗人孟浩然。李白对孟浩然那是崇拜得不得了，他写过一首《赠孟浩然》，把孟浩然比作无法仰望的高山。那孟浩然是诗人崇拜链的顶端吗？竟然也不是，孟浩然也有一个极为崇拜的偶像——张九龄。好玩的是，这四位诗人连相差的年龄都极为相似，仿佛每隔十二年左右，唐朝就会诞生一位顶级诗人，真不知是天意还是偶然。

今天我们要讲的发生在黄鹤楼边的送别的主角就是李白与他的偶像孟浩然。

李白寓居湖北安陆时，与年长他十二岁的孟浩然结下了深厚的友谊。那时，孟浩然已经是名满天下的大诗人，不仅诗写得好，性格、风骨更是令李白敬佩。孟浩然淡泊名利，归隐山林，酷爱饮酒，这些都是李白的向往和爱好。所以，李白在《赠孟浩然》中热情赞颂了孟浩然的高雅品格："吾爱孟夫子，风流天下闻。红颜弃轩冕，白首卧松云。醉月频中圣，迷花不事君。高山安可仰，徒此揖清芬。"

开元十八年（730）三月，李白得知孟浩然要前往广陵（今江苏扬州），便托人带信给孟浩然，约他在江夏（今武汉江夏）相聚。两人相伴游览了数日，纵情玩耍，把酒言欢。可惜，孟浩然行程已定，不能久留，李白只能在黄鹤楼边送别孟浩然。这场送别中，最让人感动的画面是"孤帆远影碧空尽，唯见长江天际流"。当孟浩然所乘的船消失在天际时，李白依然久久凝望，不忍离去。他将心中的依依不舍与刻骨铭心的情谊，都化作这动人的诗句。

瞧，这黄鹤楼边，留下了一份多么美丽的情感！

四大名楼游第四站：鹳雀楼

四大名楼中这最后一座鹳雀楼，显得有些不合群。第一，前面三座楼都在江南，濒临长江；而鹳雀楼则位于山西运城，濒临的是黄河。第二，前面三座楼虽然也有过损毁，但遗址、遗迹都非常清晰，重建时有迹可循；而鹳雀楼既经历过战火的焚毁，又遭遇了洪水的冲毁，连故址都被淹没了，令人叹息。今天虽然重建了鹳雀楼，但无法完全再现它历史上真正的辉煌了。

好在，还有诗歌为我们记录下了历史上鹳雀楼最真实的风采。接下来，让我们读读描写鹳雀楼最著名的诗歌吧。

登鹳雀楼

［唐］王之涣

白日依山尽，黄河入海流。

欲穷千里目，更上一层楼。

诗歌简译

夕阳依傍着西山慢慢地沉没，滔滔黄河朝着东海汹涌奔流。若想把千里的风光景物看够，那就要登上更高的一层城楼。

鹳雀楼给人最大的印象就是高。据历史记载，北周时，为了镇守蒲州，宇文护修建了这座戍边高楼。它的作用是军事瞭望、侦察敌情，所以修得极高。而鹳雀楼的得名，是因为常有鹳雀在楼上栖宿。

站在鹳雀楼上，仿佛能将天下一览无余。西边白日依山落下，东边黄河奔流入海，世界的两端就在你面前展开。然而，这还不是鹳雀楼的最高处。如果你还想看得更广更远，那就继续往上面攀登吧，再上一层楼，景色会更美。

唐朝诗歌往往更擅长抒情，宋朝的诗歌常常更喜欢讲理。如果你问我，有没有唐朝的诗歌能把道理讲得深入人心，一定少不了这首《登鹳雀楼》。它既写出了建筑的高，也写出了人心中志向的高远。正因如此，后人常常引用"欲穷千里目，更上一层楼"二句来表达积极探索和无限进取的人生态度。

如果还想好好感受一下鹳雀楼的高与壮阔，我们还可以读一读另一首描写鹳雀楼的佳作，那就是唐朝诗人畅当的同名作品《登鹳雀楼》。

241

登鹳雀楼

［唐］畅当

迴临飞鸟上，高出世尘间。

天势围平野，河流入断山。

诗歌简译

望远空飞鸟仿佛低在楼下，觉得自己高瞻远瞩，眼界超出了人世尘俗。从鹳雀楼四望，天然形势似乎本来要以连绵山峦围住平原田野，但奔腾咆哮的黄河却使山脉中开，流入断山，浩荡奔去。

同样高远，同样壮阔，区别是王之涣是盛唐的诗人，诗歌中饱含进取向上的力量，而畅当却经历了安史之乱后唐王朝的由盛转衰，所以，诗歌宏大的气象中难免有些感伤。

小朋友们，读完两首诗，你们是不是也很想去登一登鹳雀楼呀！

【游览小结】

中国古代四大名楼，你最想游览哪一座呢？我来说说我的印象："滕王阁里王勃才，岳阳楼上杜甫悲。黄鹤楼边李白望，鹳雀楼头学鸟飞。"

乐小诗

1.《滕王阁序》中最著名的句子是（　　）

　A.星分翼轸，地接衡庐

　B.落霞与孤鹜齐飞，秋水共长天一色

　C.豫章故郡，洪都新府

2. 杜甫登上岳阳楼时泪流满面，最重要的原因是（　　）

　A.身体多病　B.战乱不休　C.被迫戒酒

3. 以下关于鹳雀楼的描述中哪个是不正确的（　　）

　A.修建在长江岸边　B.原址被大水冲毁

　C.最初为战争修建

【陈老师精选诗人小故事】

失孟交李

说起崇拜孟浩然的诗人，还有一位特别出名，那就是被誉为"七绝圣手"的著名边塞诗人王昌龄。

开元二十八年（740），王昌龄北归路过襄阳，想起了自己的老朋友孟浩然，便顺道前去拜访。此时的孟浩然刚刚经历了一场大病，背上长了个毒疮，经过长时间的医治，总算渐渐痊愈。这在古代是很严重的病症，医生叮嘱孟浩然，一定要忌口，不能吃海鲜、河鲜之类的发物。

孟浩然本来将饮食保持得很好，可是好友王昌龄来了，二人相谈甚欢，加上病情已经大为好转，便放任自己纵情饮酒，还顺带吃了点儿鲜鱼。结果，孟浩然旧病复发，竟然不幸离世了。王昌龄万万没有想到，自己一番好意探访好友，最终导致了孟浩然的去世。他懊恼不已，追悔莫及。

王昌龄悲伤地离开了襄阳，却在不远的巴陵偶遇了李白。两人一见如故，结下了深厚的友谊。临别之时，王昌龄写了一首《巴陵送李十二》赠给李白：

摇曳巴陵洲渚分，清江传语便风闻。

山长不见秋城色，日暮蒹葭空水云。

　　李白对和王昌龄的友情也念念不忘，当听闻王昌龄被贬为龙标尉时，李白特地写诗寄送予以安慰，这首诗就是著名的《闻王昌龄左迁龙标遥有此寄》：

杨花落尽子规啼，闻道龙标过五溪。

我寄愁心与明月，随风直到夜郎西。

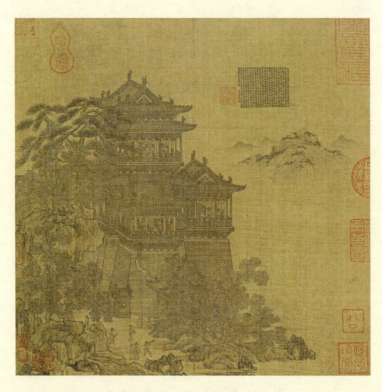

［元］夏永　《岳阳楼图》（局部）

游览小结参考答案

第 一 章　1. A　2. A　3. B

第 二 章　1. C　2. B　3. A

第 三 章　1. B　2. B　3. C

第 四 章　1. B　2. A　3. B

第 五 章　1. B　2. B　3. B

第 六 章　1. B　2. C　3. C

第 七 章　1. A　2. B　3. C

第 八 章　1. C　2. B　3. A

第 九 章　1. B　2. B　3. B

第 十 章　1. A　2. C　3. B

第十一章　1. C　2. B　3. B

第十二章　1. A　2. A　3. B

第十三章　1. B　2. A　3. B

第十四章　1. B　2. B　3. A